anticipation pour ces heureux étudians; leur correspondant, d'après l'ordre venu des parents, avait retenu pour eux des places pour la diligence du lundi 12 août. Par bonheur, hier au soir, ils faisaient rencontre à la Chaumière des deux maîtresses, qui venaient seules, chercher dans les plaisirs de la danse, des distractions à une infidélité dont elles s'accusaient peut-être, ou plutôt à un abandon dont elles-même elles venaient d'être l'objet.

C'est presque une bonne fortune qu'une rencontre fortuite entre deux anciens amis; bientôt les deux couples furent rapprochés, et sans récriminations, sans reproches, on galoppa comme aux meilleurs jours, on descendit les montagnes, on savoura la glace et le punch; puis, le bal champêtre terminé, on revint lentement sous le frais ombrage des boulevards extérieurs. Enfin, lorsqu'on arriva au domicile des deux jeunes filles, au coin de la rue des Fossés-Saint-Victor, l'horloge de la paroisse voisine sonnait, de son teint grave et retentissant, la première heure après minuit.

Le père Trinque-Fort en goguette.

LE

VÉRITABLE FARCEUR

COMME IL Y EN A PEU,

recueil choisi

De tout ce qu'il y a de plus gai et de plus amusant
à mourir de rire,

PAR UN AMI DE LA GAITÉ.

PARIS,
LE BAILLY, LIBRAIRE,
Rue Cardinale, 6, faub. St-Germain.

1861

VÉRITABLE FARCEUR

COMME IL Y EN A PEU.

LE PANIER DE GRISETTES.

— Un événement des plus singuliers causait, ce matin, un accès de folle gaîté dans le quartier des Écoles. Deux étudians de première année, appartenant à cette catégorie écervelée et trop nombreuse qui pratique le droit à la Chaumière ou fait sa clinique à l'estaminet, nourrissaient secrètement, depuis une grande semaine, une profonde rancune contre deux de ces faciles beautés qui sous le titre de grisettes du quartier latin, suppléent et remplacent traditionnellement les graves professeurs à qui les parens provinciaux croient confier exclusivement l'éducation de l'espoir et de l'orgueil de leur race. Les trop légères grisettes avaient, sans doute, *fait des traits* aux deux amis; aussi tous deux avaient-il résolu de se venger, et pour eux il n'y avait pas de temps à perdre. L'heure des vacances sonnait par anticipation pour ces heureux étudians ; leur correspondant, d'après l'ordre venu des parents, avait retenu pour eux des places pour la diligence du lundi 12 août. Par bonheur, hier au soir, ils faisaient rencontre à la Chaumière des deux maîtresses, qui venaient seules, chercher dans les plaisirs de la danse, des distractions à une infidélité dont elles s'accusaient peut-être, ou plutôt à un abandon dont elles-même elles venaient d'être l'objet.

C'est presque une bonne fortune qu'une rencontre fortuite entre deux anciens amis ; bientôt les deux couples furent rapprochés, et sans récriminations, sans reproches, on galoppa comme aux meilleurs jours, on descendit les montagnes, on savoura la glace et le punch ; puis, le bal champêtre terminé, on revint lentement sous le frais ombrage des boulevards extérieurs. Enfin, lorsqu'on arriva au domicile des deux jeunes filles, au coin de la rue des Fossés-Saint-Victor, l'horloge de la paroisse voisine sonnait, de son teint grave et retentissant, la première heure après minuit.

Il n'y avait pas espoir de se faire ouvrir, et les étudians le savaient bien. Un inflexible portier, un véritable cerbère, avait déjà maintes fois refusé la porte aux deux jeunes filles oublieuses et à des heures bien moins avancées de la nuit. Il fallait cependant aller se coucher, et, après la brouille et les perfidies passées, les étudians pouvaient-ils offrir un asile à leurs beautés? Celles-ci n'auraient-elles pas trop, le sentiment de leur dignité et de leurs torts, pour accepter jamais une proposition aussi cavalière? Et puis il y avait un inconvénient, les étudians, partant le lendemain, avaient, dès la veille, quitté leur hôtel. Leur digne correspondant, riche boulanger du quartier de l'Estrapade, après avoir payé, en grondant, le mémoire suplémentaire qu'ils avaient laissé amasser, avait fait porter leurs malles chez lui, et leur avait fait disposer une petite chambre au troisième, pour être bien sûr qu'ils partissent le lendemain.

Fallait-il donc passer la nuit à la belle étoile? Tout à coup une idée lumineuse se présente à l'un des deux étudians, qui sur-le-champ la proposa aux grisettes : « Nous allons rentrer, Alfred et moi, dit-il, et nous monterons tranquillement à notre chambre. M. N....., notre correspondant, loge au rez-de-chaussée, et ronfle certainement comme son four. Vous attendrez silencieusement dans l'embrasure de la porte. Une fois arrivés au troisième étage, nous monterons au grenier, où s'ouvre en saillie une fenêtre granie d'une forte poulie, à l'aide de laquelle on hisse les sacs ; de là nous vous descendrons un large panier où vous pourrez vous placer toutes deux à l'aise. Alors, et sur votre signal, nous élèverons le panier jusqu'à la hauteur du premier étage, où l'un de nous se placera pour vous recevoir, et vous faire entrer par la fenêtre de l'escalier. Vous parviendrez ensuite sans risque et sans encombre à notre chambre, où nous attendrons le jour en tout bien tout honneur, en faisant du punch et en fumant la cigarette. »

Après quelque résistance, les jeunes filles consentirent à se prêter à l'expédient : tout s'exécuta comme il était dit, avec cette variante, toutefois, que les deux grisettes, une fois placées dans le panier, s'élevèrent avec une étonnante facilité, passant le premier étage, puis le second, le troisième, et ne voyant enfin leur nacelle ascendante s'arrêter, au bruit de quelques éclats de rire étouffés, qu'entre le quatrième et le cinquième.

Qu'on juge de la nuit que durent passer les deux pauvres filles. Après avoir fortement fixé la corde et leur avoir souhaité le bon soir, les deux garnemens s'étaient paisiblement couchés, et déjà ils avaient été réveillés par leur correspondant, étaient partis, et roulaient sans doute dans la diligence, lorsqu'à six heures, en ouvrant sa boutique, l'épicier voisin aperçut le couple aérien qui, grâce au vent qu'il fait depuis quelques jours, ressemblait moins à Psyché enlevée par Zéphire qu'à Orithye emportée par Borée.

Quel crime avaient donc commis les grisettes du quartier latin? Il faut que le reproche qu'elles ont à se faire soit bien grave, car, malgré les sollicitations des voisins, elles ont refusé de porter plainte et de nommer même au commissaire de police les auteurs de cette extravagante mystification.

LES BOTTES PRÊTÉES.

Tiens! c'est Girard... Bonjour, Girard... Mais, credié! quéque t'as donc? tu fais un nez totalement malheureux... Tas-t-y du chagrin, vieux? — Et un fier! — Bah! bah! conte-moi ça... Si j'y peux quéque chose, je suis là... Suis-je-t'y pas ton ami? ton ancien camarade de chambre? quoi qui te chagrine la tête? — C'est pas à la tête, mon brave Chiquet, c'est aux pieds qu'est ma douleur... — Tes pieds sont-ils à la tête d'un nombre de durillons et autres œils de perdrix qui t'embêtent? — S'agit pas de çà, Chiquet, c'est ma chaussure... — Tes souliers te gênent? ils m'ont pourtant l'air honnêtement larges... — C'est précisément ça qui me rend le nez malheureux que tu me vois. — Ah ça, qué satanée charade que tu me pousses-là? Est-ce que tu fourres ton nez dans tes souliers? Eh non! mais apprends donc que je suis-t-invité à un baptême à c' matin, et que je suis dépourvu d'être chaussé conformément à la circonstance. — T'as pas des bottes? — Non, mon pauvre Chiquet..., ma dernière paire était âgée de cinq ans et sept mois; je l'ai fendue pour en faire des dessous de pieds... J'n'ai plus que ces misérables souliers, ornés de ventilateurs et de soupapes, où même mon pied est exposé à tous les vents et à toutes les eaux.. Décemment, j' peux pas me présenter à un baptême dans la position d'un va-nu-pieds; ça porterait malheur au mioche, et ça me ferait rougir comme un homard cuit, de honte. — J'ai un moyen pour remédier à la chose. — Vrai! parle vite. — Rien de plus simple : va acheter des bottes. — Oh! fameux! quand on n'a pas de noyaux et qu'on est privé de crédit. — Ah! diable! j'avais pas réfléchi à ça... Autre moyen! — Lequel? — Ne va pas au bap tême... de c'te façon tu n'a plus besoin de bottes. — Ah! ben, oui, manquer la cérémonie! jamais... ça porterait aussi malheur au moutard... Et puis, il y aura une *bosse*, à quoi je tiens à y répondre à l'appel, vu que le liquide à quinze, les bonbons, les pieds de cochon et toutes les voluptés de la table y seront prodigués... J'y tiens! faut que j'y aille, ou la mort. — J'ai un troisième moyen! — Voyons — Tu peux-t-y m'inviter? — Ah! dame, je ne sais pas. — Si tu m'invites, je t'y fais aller. — Ah! bah! au fait, je t'invite : sur le nombre ça ne paraîtra pas. — Bon! nous voici devant mon garni; monte avec moi je vais te prêter mes bottes neuves... — Est-il possible! — Elles me sont un peu justes, ça me les agrandira; moi, je vais mettre les vieilles. elles seront superbes avec un coup de cirage que j'leux y ferai donner sur le boulevart du Temple.— Ah! mon cher Chiquet, je te dois plus que la vie.

Girard introduit ses deux pieds dans les bottes neuves de Chiquet; puis les deux amis prennent le chemin de la maison du baptême Girard, était fier de sa brillante chaussure et il faisait retentir les talons sur les pavés — Dis-donc, Girard, disait Chiquet, ne tape pas si fort... tu m'abîmes mes talons neufs. — N'a pas peur. — Dis donc, Girard, ajoutait Chiquet un moment après, ne marche donc pas sur le côté, tu vas m'éculer mes bottes neuves. — Ah! fichtre! tu m'as prêté tes bottes, c'est pas pour les porter dans ma poche... Par ainsi laisse-moi marcher tranquille. — Oui, mais tu pourrais bien ne pas tremper dans le ruisseau, voilà ma botte droite perdue. — Ah! cristi, tu m'ennuies, t'as pas besoin de crier en pleine rue, *mes* bottes! mes bottes! pour que le monde sache que tu m'a prêté *tes* bottes, et que je marche dans la chaussure d'un autre. — Oui, je dirai *mes* bottes! parce qu'enfin elles sont à moi : on prête, mais on ne donne pas, et quand tu me rendras *mes* bottes, elles ne seront plus mettables... — Que le diable t'emporte, avec tes bottes... Tiens, j'en ai assez... Je n'en veux plus... Reprends-les et que sa finisse .. J'aime mieux manquer la *bosse*... Allons, retournons chez toi. C'est vrai ça, ça coupe l'appétit de se voir humilier par un ami en plein public!

Comme les deux amis s'en retournaient chez Chiquet, tout en se querellant, ils rencontrèrent un camarade, le nommé Mouton. Girard, tout indigné de la conduite de Chiquet, lui raconta ce qui venait de se passer, et comme quoi il aimait mieux renoncer à l'invitation que de s'y rendre dans les bottes de Chiquet. Mouton était le plus complaisant des hommes, il offrit à Girard de lui prêter des bottes avec promesse de le laisser marcher où et comme il voudrait. Girard sauta au cou de son ami, et au bout d'un quart d'heure il sortait de chez l'honnête Mouton, dans deux bottes moins neuves que celles de Chiquet, mais aussi prêtées de meilleur cœur.

Mouton lui donnait le bras et riait avec lui, heureux, content comme un brave garçon qui vient d'obliger un ami. Et Girard lui frappait avec émotion sur l'épaule en lui disant : « A la bonne heure ! toi, tu es un vrai ami ! c'est pas toi qui m'humilierais. — Moi ! s'écriait l'excellent Mouton, Ah ! ben, j' suis jamais plus joyeux que quand je prête... Oh ! marche, marche à ta tête... Je te dirai rien... Tu peux passer dans le ruisseau... Tu as *mes* bottes, mais c'est égal... Allons ! voyons ! passe donc dans le ruisseau avec *mes* bottes. — Pour l'amour du bon Dieu ! ne crie donc pas si haut *tes* bottes ! — Non, c'est pour te montrer que je suis pas comme Chiquet, moi ! Oh, mon Dieu ! tu peux aller partout... tu peux danser sur des culs de bouteilles si ça t'amuse... Quand je prête *mes* bottes, elles ne sont plus à moi... Ce sont bien *mes* propres bottes que tu as aux pieds, mais tant que tu seras dedans, tu peux les regarder comme pas à moi... — Ah ça, mais, crédienne, s'écria Girard horriblement vexé de cette complaisance excessive, tas-t-y besoin de crier *mes* bottes ! — Je crie, mon brave Girard, pour que tout le monde sache bien que je ne suis pas comme Chiquet, que si je prête *mes* bottes... Le bon Mouton n'acheva pas, car sa phrase fut coupée en deux par un violent coup de pied que Girard venait de lui appliquer à la hauteur du fond de sa culotte. Il ne put s'expliquer une aussi profonde ingratitude : lui appliquer sa propre botte... Oh qu'une pareille action était noire et honteuse ! L'indignation lui fit prendre toute la rue à témoin que son ami, à qui il venait de prêter ses bottes, lui avait fait une offense non mortelle, mais très sensible. Girard, au comble de l'exaspération et de l'humiliation, renouvela, en présence même de la foule, l'outrage fait à la culotte de Mouton, si bien que la foule le conduisit chez le commissaire. Les invités du baptême l'attendirent en vain.

LES DEUX HUISSIERS.

Deux huissiers de Beauvais étaient chargés de poursuivre le paiement de condamnations prononcées contre le sieur Forestier, pharmacien, à Songeons; les commandements avaient été faits, ils restèrent infructueux. Le 20 décembre 1857, ils se présentèrent successivement au domicile du débiteur pour donner suite à ces commandements et pratiquer une saisie de son mobilier. Forestier n'opposa aucune résistance ouverte; mais, à peine le premier huissier se fût-il mis en devoir de commencer son opération, qu'il cassa sur le parquet de sa boutique une bouteille renfermant de l'huile empyreumatique. Il en résulta un exhalaison qui ne sentait ni le musc, ni l'eau de Cologne, l'huissier pense même que l'air empesté qu'on respira en Égypte, du temps des sept plaies, ne pourrait avoir que la senteur du jasmin et de la rose auprès de l'odeur qui, alors, l'assaillit. Il n'y avait point de poitrine d'officier ministériel, point de courage, de témoins instrumentaires assez robustes pour y résister : huissier et témoins se retirèrent.

Une heure après, le second huissier, instruit de la déconvenue de son confrère, se présenta pour saisir, de son côté, avec une constance et un courage qui paraissaient devoir être à l'épreuve de toutes les odeurs passées, présentes et futures. L'apothicaire n'avait point encore neutralisé l'effet de la détestable substance qui avait mis le premier en déroute. Le nouveau venu tint bon pendant quelque minutes ; ce courage désespérait Forestier : comment triompher de tant d'héroïsme ? Un flacon d'alcali volatil, répandu à côté de l'huile empyreumatique, fut décisif. Le second huissier fut obligé de prendre la fuite et son chien, son fidèle Achate, qui avait eu le malheur de l'accompagner, mourut bientôt dans les convulsions causées par les émanations qu'il avait respirées chez le terrible apothicaire.

CONSEIL D'UN VOLEUR.

Avant-hier matin (4 janvier 1838), le jeune docteur L... venait de sortir dans un élégant tilbury, lorsqu'un homme de trente ans environ, mis avec la dernière recherche et décoré d'un ruban rouge, sonna à la porte de son appartement. Un domestique en livrée lui apprit que le docteur ne rentrait qu'à la nuit. » Quel fâcheux contretemps! s'écria l'étranger, qui parut en effet vivement contrarié... Manquer une si belle affaire!... Combien il en sera affligé, ce cher Eugène!... Malheureusement je ne pourrai pas revenir aujourd'hui... Je vais entrer dans son cabinet et lui écrire.

Tout en disant ces mots, l'étranger se dirigea vers le cabinet du docteur, suivi du domestique, s'installa à son bureau comme un ami intime, prit une plume et commença une lettre. Il achevait à peine la première ligne, qu'un violent coup de sonnette se fit entendre. Le domestique alla ouvrir. C'était un malade qui venait chercher une consultation, et qui fut prié de venir à la nuit. Lorsque le domestique rentra dans le cabinet, l'étranger lui remit une lettre cachetée et adressée à son ami Eugène et sur le dos de laquelle se lisait en gros caractère les mots *très pressée.*

A son retour, M. L... se dépêcha de briser ce cachet et il lut ce qui suit :

Monsieur,

« Ne cherchez pas votre montre que vous
« avez laissée, ce matin, sur votre chemi-
« née, elle est en ce moment dans ma poche
« et vous retrouvriez dificilement ma poche.
« Votre domestique n'est pas un voleur, mais
« c'est un grand nigaud qui vous laisse vo-
« ler pendant votre absence. Je vous engage
« fort à le renvoyer... J'ose espérer que
« vous suivrez ce conseil d'ami que je vous
« donne en échange du cadeau que je me
« suis fait, ce matin, à vos dépens.

« Votre obligé,

« CAPDEVILLE, voleur. »

LE VIOLON DE JACOB STEINER.

M. Fraenzel, maître des concerts de la chapelle grande-ducale, un des premiers violonistes de l'Allemagne, vient d'acquérir, au prix énorme de 50,000 florins, un violon de Jacob Steiner. Cet instrument, remarquable par la suavité de ses sons, et peut-être le seul qui existe encore de ce célèbre facteur, a été fait en 1615 pour le comte de Trantmansdorff, premier écuyer cavalcadour de Charles VI, empereur d'Allemagne, aux conditions suivantes: l'acheteur paya comptant à Steiner 55 louis d'or, et prit l'engagement : 1° de lui faire servir tous les jours un bon dîner; 2° de lui payer une pension de 5 florins par mois, laquelle, dans le cas où le vendeur se marierait, serait remplacée par la fourniture de trois lièvres et de douze paniers de fruits par semaine; 3° de livrer, par semaine, la même quantité de fruits à la vieille nourrice de Steiner pendant la vie de celle-ci.

Le comte de Trantmansdorff mourut en 1651, et l'on calcule qu'à son décès (époque où l'engagement contracté par lui envers

Steiner devait cesser) le violon lui avait coûté de 8 à 9,000 florins. Un double de ce curieux contrat de vente, signé par Steiner et le comte de Trantmansdorff, a toujours été déposé dans un compartiment fait *ad hoc* dans l'étui du violon : cette pièce se trouve actuellement entre les mains de M. Fraenzel.

LES DEUX JUIFS ERRANTS.

La célébrité des vivants, la gloire des morts et la crédulité publique sont des mines d'or que l'on n'a pas encore épuisées.

Deux juifs errans s'arrêtent à une auberge de Battenans (Doubs) chez un nommé S... demandent et obtiennent la permission d'étaler le lendemain leurs marchandises. Peu d'heures après, se présente un polonais, ou soi-disant tel; c'était un chrétien errant, mendiant à l'escopette, voyageant à travers champs pour retourner dans son pays natal. Il s'était battu en Espagne et devant Constantine, puis il avait déserté et pour cause. « C'est avec une grande honte, dit-il, que je vous demande quelques sous pour continuer ma route, car je possède en Espagne, je veux dire en Pologne, de forts beaux châteaux. Ah! si j'en tenais un sous ma main! J'ai bien sur moi un bijou d'une grande valeur; mais il serait d'un prix trop élevé pour que vous en fissiez l'acquisition : ce n'est rien moins que la précieuse croix du général Damrémont que j'ai ramassée sur le champ de bataille, lorsqu'il s'est laissé tuer. Néanmoins, vous êtes si obligeans...

C'est dit-il un fin bijou;
Mais un misérable sou
Ferait bien mieux mon affaire.

L'aubergiste! de ceux qui sont simples et candides (s'il y en a), convoita le rare diamant, et consulta, à table, ses Israélites. Ceux-ci se récrièrent, poussèrent de grandes marques d'étonnement, et pendant que l'un d'eux marchandait chaudement la riche dépouille, l'autre compère, prenant l'hôtesse à part, l'assura que ce diamant valait au moins 5,000 francs, valeur intrinsèque, outre la valeur idéale que pouvait y attacher la famille du général. Or on l'aurait pour quelques centaines de francs, si le mari voulait leur prêter quelque argent... Mais le mari, consulté, fit l'affaire pour son compte, tabla pour 560 fr. et compta les écus. C'était bien de l'argent.

Mais il en fut de la vraie croix comme de toutes les vraies croix de Palestine. Les pélerins disparurent, et un connaisseur apprécia le diamant à... 18 sous !!!

L'HABITUÉ DE BREST ET DE TOULON.

Hier, 14 janvier 1858, deux visiteurs du musée maritime se trouvèrent accostés par un personnage fort affectueux qui se chargea de leur donner les explications les plus étendues sur les plans en relief qui nous représentent les ports de Brest et de Toulon ; ce monsieur se vantait de très bien connaître ces parages, et ses explications annonçaient de fait un homme expérimenté. On finit par se séparer, et ceux auxquels il avait montré tant d'obligeance se retirèrent enchantés de l'urbanité de leur cicerone; mais leur admiration ne fut pas de longue durée, car étant entrés dans un café voisin et ayant fait quelque consommation, l'un d'eux fut obligé de laisser son manteau en gage, car l'argent des deux amis était devenu la proie de l'habitué de Brest ou de Toulon. Ils allèrent aussitôt trouver M. Devon, commissaire de police du quartier du Louvre, qui reçut leur plainte.

Voici maintenant la seconde partie de cette aventure : aujourd'hui, M. B..., l'un des gardiens du musée, en brossant son habit, s'avisa de fouiller dans l'une de ses poches ; sa surprise fut grande lorsqu'il en retira deux bourses assez élégantes, mais vides. L'idée lui vint alors d'aller déclarer cette circonstance chez le commissaire, qui lui parla des deux réclamations qui lui avaient été faites. Les plaignants furent appelés, et ils reconnurent effectivement leur bourses.

Il paraîtrait que le voleur, qu'on suppose être l'obligeant cicerone, a voulu, pour se débarrasser des bourses qui pouvaient le faire reconnaître, essayer une expérience aussi dangereuse que le vol même, puisqu'il a choisi pour cacher les pièces de conviction la poche même de celui qui devait le surveiller.

FINESSE D'ESPRIT D'UN ANGLAIS.

Arrivant à midi dans une auberge de Montargis, un Anglais dit à l'hôtesse : Madame lé auberge, combien en coûte-t-il chez vous pour lé dîner bien confortablement ? — Mylord, c'est 5 francs. — Et pour lé souper, madame lé auberge, combien ? — Mylord, c'est 40 sous. — Servez-moi à souper, jé prier vous... »

RUSE D'UN VOYAGEUR.

Un normand voyageant en hiver dans la basse Bretagne, un jour qu'il faisait très-froid, et qu'il était tout gelé, entra dans une auberge pleine de gens qui se brûlaient au coin du feu, sans se presser de lui faire place. Comme une écaillère ouvrait des huîtres sur la porte, ce voyageur rusé lui commanda d'en donner sur le champ une cloyère (douze douzaines) à son cheval, et sans les ouvrir. Chacun voulut voir le cheval friand qui se régalait ainsi ; on se porta à l'écurie, et le fin normand resta en possession du foyer.

BON MOT D'UN SOLDAT.

Le général commandant la place d'Alexandrie, sous l'empereur Napoléon, le malin Despinois, était fort sévère sur la tenue militaire ; avec lui, tout dans le service était de rigueur. Un jour qu'il passait la revue du

56e régiment, colonel Gengoult de la Lorraine, il remarqua un soldat qui portait des guêtres grises au lieu des guêtres noires, alors de rigueur dans la grande tenue de l'infanterie. Le général, s'approchant de cet homme, lui dit : — Pourquoi n'as-tu pas tes guêtres noires? — Pourquoi, mon général? c'est que je voulais vous *en faire voir des grises*. Le sérieux général se prit à rire.

LA DOT DE DIX ÉCUS.

Rose, dit une dame de condition à sa fille de chambre, tu te maries ? — Oui, madame. — Tiens, voilà dix écus pour ta dot. Rose étant mariée présenta son mari à madame. Celle-ci, en le voyant, s'écria : Quel vilain magot as-tu choisi là? — Hélas! madame, répondit Rose, que peut-on avoir pour dix écus?

LE CHARLATAN EN PLACE PUBLIQUE.

Messieurs, mesdames, c'est avec la permission des autorités constituées de cette ville (et il salue). Votre serviteur se présente sur cette place pour vous annoncer qu'il est l'auteur d'un secret. Mon père, messieurs, mesdames, et il salue ; il était *Ki-*

rourgien major dans le régiment de Navarre ; il a gouari tant de malades, qu'en vérité il s'est chauffé pendant six mois des béquilles de oeux qu'il a gouaris. Un commis d'un bureau, lequel avait une maladie de la lingua, je lui ai ordonné l'huile de cotret, guarito subito, messieurs, mesdames, guarito subito.

Approchez bonnes gens ; un flacon à monsieur, un flacon à madame; je ne crains qu'une chose, c'est qu'il n'y en ait pas pour tout le monde.

LES PARENTS RICHES.

Le célèbre musicien Offman disait un jour à son domestique :

— Est-il vrai, Joseph, que tu aies des parents riches?

— Oui, monsieur. J'ai une sœur qu'est cossue, un oncle qu'est épicier, et une cousine qui a six cents francs de rente.

— Six cents francs!.... diable !

— Oui, monsieur; mais c'est des vilaines gens. Ils ont donné un dîner de famille au jour de l'an et ne m'ont pas invité.

— C'est abominable.

— Aussi allez, monsieur, si jamais je deviens riche, je donnerai un grand dîner et je n'inviterai personne.

DÉSIR D'IVROGNE.

On disait à un ivrogne : — Si vous ne dépensiez pas tout votre argent à boire, vous auriez du pain sur la planche..... — C'est du vin que je voudrais avoir sur la planche, soupira-t-il.

LE JUIF INCRÉDULE.

On disait à mademoiselle G...., une de nos plus spirituelles actrices, que son propriétaire, riche israélite, ne croyait pas plus au dieu des juifs qu'au dieu des chrétiens.

— C'est possible, répondit-elle; mais je sais un dieu qui n'a pas d'adorateur plus fervent que lui; c'est le dieu *Terme*.

LA CARTE DU RESTAURANT.

Deux amis entrent chez un restaurateur.

— Garçon! donnez-nous la carte du jour.

— Voilà, messieurs!..... Ces messieurs désirent-ils un filet au madère?

— Non.

— Un gigot braisé?

— Nous allons voir.

— Des pieds de moutons à la poulette?

— Eh! garçon, donnez-nous un peu de répit!

Le garçon s'éloigne; puis il revint quelques instants après en disant :

— Messieurs, il nen reste plus.

LA BASTONNADE.

Le pacha de Janina fit un jour insérer cet avis dans le journal officiel de ses Etats :

« Les jeunes gens du pays sont invités à s'appliquer à grandir. Ceux qui, parvenus à l'âge de vingt ans, n'auront pas atteint le terme de la croissance convenable recevront la bastonnade jusqu'à ce qu'ils grandissent. »

Ce singulier décret rappelle la naïveté de cette dame à qui l'on faisait remarquer que ses enfants avaient l'air triste et malheureux.

« C'est bien vrai, répondit-elle; pourtant je les fouette toute la journée pour leur faire perdre cet air-là, et je ne puis y parvenir. »

L'ONCLE EN BONNE SANTÉ.

Un jeune viveur, parfaitement ruiné, se consolait en pensant que son oncle, riche, et dont il était l'unique héritier, était atteint d'une maladie incurable. Il rencontre un jour le médecin de ce moribond.

— Eh bien! dit le docteur, je sors de chez votre oncle.

— Ah! ah! il est mort, n'est-ce pas?

— Au contraire; je l'ai remis sur pied. Maintenant il ira encore pendant quelques années.

— Allez au diable, docteur! s'écria le jeune homme furieux. Je voudrais bien savoir qui vous a donné le droit de vous mêler de mes affaires de famille!

LE MARCHAND D'HUILE.

Un individu se présente chez un peintre renommé :

— Monsieur, lui dit-il, je désire avoir mon portrait. Combien me prendrez-vous?

— 300 francs.

— 300 francs! c'est bien cher!

— Tout au juste, monsieur.

— *Mais en fournissant l'huile*, serait-ce moins cher?

C'était un marchand d'huile en gros qui désirait avoir son portrait.

NAIVETÉ.

Un laquais eut ordre de son maître d'aller voir l'heure à un cadran solaire posé sur un piédestal, dans son jardin. Après avoir tourné vingt fois autour, le domestique, fort embarrassé, apporte officieusement le cadran solaire à son maître, en lui disant ; « Tenez, monsieur, cherchez l'heure vous-même, car je ne m'y connais pas.

L'AVOCAT DÉSAPPOINTÉ.

Un avocat qui plaidait pour l'état d'un garçon en bas-âge, le fit trouver à l'audience. Dans la péroraison de son plaidoyer, qui fut assez touchante, il s'aperçut que toute l'assemblée était émue ; et, pour déterminer plus sûrement les larmes, il prit entre ses bras l'enfant qui se mit à pleurer et à crier de son mieux. Tout l'auditoire, vraiment touché. s'intéressait au sort de cette jeune victime, mais l'avocat de la partie adverse s'avisa de demander à l'enfant ce qu'il avait pour pleurer si fort. « Il me pince, repartit l'enfant. » Alors tous les spectateurs se mirent à rire et à huer l'orateur qui avait employé pour les séduire une aussi misérable supercherie.

LA BOUTEILLE DE PANARD.

On sait que la réalité de ces deux instrumens bachiques était l'objet particulier du culte de cet enfant de la joie.

Que mon
Flacon
Me semble bon
Sans lui
L'ennui
Me nuit
Me suit;
Je sens
Mes sens
Mourans
Pesans.
Quand je le tiens,
Dieu que je suis bien!
Que son aspect est agréable
Que je fais cas de ses divins présens
C'est de son sein fécond et de ses flancs
Que coule ce nectar si doux, si délectable
Qui rend et les esprits et les cœurs satisfaits
Cher objet de mes vœux tu fais toute ma gloire
Tant que mon cœur vivra de tes charmans bienfaits
Il saura conserver la fidèle mémoire.
Ma muse à te louer se consacre à jamais!
Tantôt dans un caveau, tantôt sous une treille
Ma lyre de ma voix, accompagnant le son,
Répétera cent fois cette charmante chanson:
Règne sans fin, ma charmante bouteille
Règne sans fin, mon cher flacon.

LE VERRE DE PANARD.

Nous ne pouvons rien trouver sur la terre
Qui soit si bon, ni si beau que le verre.
Du tendre amour berceau charmant
C'est toi, champêtre fougère,
C'est toi, qui sers à faire
L'heureux instrument,
Où souvent pétille,
Mousse et brille
Le jus qui rend
Gai, riant,
Content,
Quelle douceur
Il porte au cœur!
Tôt,
Tôt,
Tôt,
Qu'on m'en donne,
Qu'on l'entonne.
Tôt,
Tôt,
Tôt,
Qu'on m'en donne,
Vite et comme il faut,
Ah! je vois sur ses flots chéris
Nager l'allégresse et les ris.

Bouteille,
Merveille
De mon cœur,
Ta liqueur
Vermeille
Me séduit,
M'enchaîne,
M'entraîne,
Agrandit
Mon esprit,
L'enflamme
Et produit
Sur mon âme
Le bien le plus doux!
Au bruit de tes glouglous
Quelle âme ne serait ravie?
Tu sais nous faire supporter
Les plus noirs chagrins de la vie
Et des tourmens plus affreux de l'envie
Par des chemins de fleurs tu sais nous écarter
Loin de toi qui pourrait trouver des charmes,
A tes coups séduisants qui pourrait résister,
Quand le puissant amour à tes pieds met ses armes,
Pour accroître sa force, et mieux blesser après
Les cœurs indifférents qui bravent ses succès
Et les heureux effets que produit son génie?
Mais combien de mortels ont chanté mieux que moi
Mieux que moi célébré ta puissance infinie,
Et fait de te chérir leur souveraine loi!
Piron, Collé, Panard, Vadé, Favart, Sedaine
En adorant ton culte, ont adoré la scène
Et nous ont tous appris à n'oublier jamais
Que le feu des plaisirs qui circule en nos âmes
Besoin d'aimer d'éteindre douce flamme
Sont les moins grands de tes bienfaits

Buvons, amis, et buvons à plein verre;
Enivrons-nous de ce nectar divin!
Après les belles, sur la terre,
Rien n'est aimable que le vin.
Cette liqueur est de tout âge;
Buvons-en donc nargue du sage
Qui, le verre en main,
Le haussant soudain,
Criant se ménage,
Et dit : holà!
Holà!
La!
La!
La!
Car
Panard
A pour refrain:
Tout plein!
Plein!
Plein!
Plein!
Fêtons;
Célébrons
Sa mémoire
Et, pour sa gloire,
Rions, chantons, aimons, buvons

DEUX COUPS DE PISTOLET.

Un gentleman qui se faisait un plaisir, lorsqu'il avait sablé le bourgogne mousseux trempé de brandy, de s'amuser à ses pistolets, ordonna un soir à son domestique de les lui apporter. Le quidam, après les lui avoir fait charger, ferma la porte et lui ordonna de tenir la bougie jusqu'à ce qu'il l'eût mouchée avec une balle. Les prières et les larmes du domestique furent inutiles, il fallut céder au caprice du maître.

L'excentrique personnage, après avoir rasé du premier coup la mèche, alla rouvrir la porte; mais pendant ce temps, James sautant sur l'autre pistolet, lui dit : « Monsieur, c'est actuellement mon tour. Prenez l'autre bougie, je veux aussi essayer mon adresse. »

Le gentleman eut beau pester, tempêter, jurer, James était muni de la puissance, et il faut tenir la bougie. Mais comme c'était le premier coup d'essai du valet, non seulement il manqua son but, mais la balle enleva un des boutons de l'habit de son maître. Cette leçon dégrisa le personnage ennuyé, qui se réconcilia avec James et l'envoya se refaire à la taverne, jurant de ne plus lui faire partager *l'émotion* qu'il venait d'éprouver.

LA FAUTE D'ORTHOGRAPHE.

Un journaliste avait *été* invité par une actrice en réputation à un souper splendide. On l'invite à dépecer un superbe poisson ; il s'acquitte de cette tâche, sert tous les convives, et ne réserve rien pour lui. On lui passe une superbe dinde richement truffée, et il en agit de même.

Son abstinence était un sujet d'étonnement général ; la maîtresse de la maison lui demande s'il se sent indisposé ; il répond qu'il ne s'est jamais mieux porté.

— Je vois ce que c'est, dit-elle, vous avez soupé avant de venir ici.

— Hélas ! c'est vrai ; mais je me suis conformé à la lettre de votre billet ; vous m'avez invité à *couper*.

Et il montra le billet d'invitation : la grande actrice avait écrit *souper* par un *c*.

— Ah ! folle que je suis, s'écria-t-elle, j'ai oublié de mettre une cédille sous le *c*.

PIRON ET L'ÉVÊQUE DE BAYONNE.

Un jour Piron se trouvant dans une société où survint l'évêque de Bayonne, on pressa le poète de faire un compliment à Monseigneur. « Que diable voulez-vous que je lui dise? répondit Piron, je ne le connais pas. — N'importe, répliqua-t-on, il suffit d'un mot, d'une chose honnête. » Alors Piron s'avance gauchement vers le prélat et lui dit : Monseigneur, j'ai toujours eu le plus profond respect pour les jambons de votre diocèse. »

LA JAMBE DE BOIS.

Le général Daumesnil, qui perdit une jambe dans la campagne de Moscou, commandait la place de Vincennes, lors de l'invasion de 1814. Depuis plusieurs semaines, la capitale était occupée par les alliés et Daumesnil tenait encore. Il n'était alors question, dans tout Paris, que de son obstination à se défendre et de la gaîté de sa réponse aux sommations russes : « Quand vous me rendrez ma jambe, je vous rendrai ma place. »

AMÉNITÉ DE PIRON ET DE VOLTAIRE.

Voltaire et Piron faisaient un séjour dans le château d'un ami commun. Un jour Piron écrivit sur la porte de Voltaire : « Coquin. » Sitôt que Voltaire le vit, il se rendit chez Piron qui lui dit : « Quel hasard me procure l'avantage de vous voir ? — Monsieur, lui répondit Voltaire, j'ai vu votre nom sur ma porte et je viens vous rendre ma visite. »

LE PROFESSEUR D'HÉBREU.

Une princesse apprenait l'hébreu d'un professeur fort pauvre, dont la toilette était plus que négligée; sa culotte surtout menaçait ruine. « Mais dites-moi donc, Madame, dit à la princesse son mari, que vient faire cet homme chez vous ! — Il me montre l'hébreu, répondit-elle. — Ma foi, avant peu, il vous montrera le derrière. »

MIRABEAU-TONNEAU.

Le comte de Mirabeau, frère du célèbre orateur de l'assemblée constituante, et si avantageusement connu sous le nom de *Mirabeau-Tonneau*, fit venir, un matin, son valet de chambre. « Tu es fidèle, lui dit-il, tu es zélé ; en un mot, je n'ai qu'à me louer de tes services... Mais je te chasse.

— Et pourquoi, M. le comte ?

— Malgré toutes nos conventions, tu te grises les mêmes jours que moi !

— Est-ce ma faute, M. le comte ? vous vous grisez tous les jours ! »

Le comte ne trouva pas de réponse à ce judicieux argument et garda son vâlet de chambre.

LE SABRE DE BOIS.

Dans une de ces visites que le grand Fréderic rendit incognito à ses soldats, il lui arriva, un soir, d'en rencontrer un qui paraissait avoir bu plus que de raison ; il l'aborda d'un air familier, et lui demanda, par forme de conversation, comment, avec sa modique paie, il se trouvait en état de faire des libations aussi copieuses. « Sur ma parole, camarade, je suis à la même paie que vous, et cependant je ne puis rien mettre de côté pour la taverne ; de grâce, apprenez-moi comment vous faites ? — Vous m'avez l'air d'un bon diable, répondit le soldat, en lui serrant la main, pourquoi vous le cacherais-je? Aujourd'hui, par exemple, je viens de régaler une ancienne connaissance ; il serait bien dur, n'est-il pas vrai, que de temps en temps on n'eût pas la satisfaction de trinquer avec un ami : or, en pareille circonstance, la paie d'un jour ne nous mènerait pas loin. J'ai donc été forcé d'avoir recours au viel expédient. — Quel est-il? — Bon, je mets en gage ceux de mes effets dont je puis me passer quelques jours ; ensuite un peu d'abstinence ramène de quoi les ravoir. Ce matin, j'ai fait ressource avec la lame de mon sabre ; on ne nous assemblera pas avant une semaine, ainsi je n'en aurai pas besoin.» Frédéric eut soin de bien remarquer son homme, puis il le remercia et lui souhaita le bonsoir.

Le lendemain, les troupes reçurent à l'improviste un ordre de s'assembler; le roi les passa en revue, et venant à reconnaître son camarade de la veille, il le fit sortir des rangs avec le soldat qui était à sa droite, en leur commandant de se dépouiller. « Maintenant, dit-il à celui qu'il voulait surprendre, tirez votre sabre et coupez la tête à ce misérable.»

Il veut s'excuser, il supplie le roi de ne pas le condamner à gémir, toute sa vie, d'avoir fait mourir un honnête homme, avec qui il sert depuis quinze ans. Le roi demeure inflexible. « Eh bien, sire, dit le soldat, puisque rien ne peut vous toucher, je prie Dieu de faire un miracle en ma faveur, et de changer mon sabre en un morceau de bois. » Il prononça ces mots avec une dévotion affectée, et feignit la plus grande surprise, lorsque, ayant tiré son sabre, il vit son souhait accompli. Le monarque admira son adresse, et, non content de lui pardonner, le gratifia d'une récompense.

LA MARCHANDISE PROHIBÉE.

En 1814, pendant la campagne champenoise, Napoléon entra subitement chez un curé de village, qu'il trouva brûlant du café. « Comment, lui dit-il, vous faites usage d'une marchandise prohibée ! — Aussi voyez-vous, sire, que je la brûle, » répartit le curé.

JEU DE MOTS.

Les artistes des Variétés étaient réunis

chez mademoiselle Page, où, entre autres choses, on leur servait du thé. Kopp seul en avait refusé. — Il a bien tort, dit Arnal en le dégustant; quel *bon thé laisse Kopp.*

RARE SANG-FROID D'UN MILITAIRE.

Lors de la construction d'une des premières batteries que Napoléon, à son arrivée à Toulon, ordonna contre les Anglais, il demanda sur le terrain un sergent ou un caporal qui sût écrire. Quelqu'un sortit des rangs et écrivit sous sa dictée sur l'épaulement même. La lettre à peine finie, un boulet la couvre de terre. « Bien! dit l'écrivain; je n'aurai pas besoin de sable. » Cette plaisanterie, le calme avec lequel elle fut dite, fixa l'attention de Napoléon, et fit la fortune du sergent : c'était Junot.

ÉPITAPHE DU MARÉCHAL DE SAXE

Voici une des plus singulières épitaphes que l'on ait composées; cette singularité m'engage à la rapporter. Pour la bien comprendre, il est bon de savoir que le maréchal de Saxe était protestant, et qu'il mourut âgé de 55 ans.

Son courage l'a fait admirer de chac 1
Il eut des ennemis, mais il triompha 2
Les rois qu'il défendit sont au nombre de 3
Pour Louis son grand cœur se serait mis en 4
A table, verre en main, il en valait bien 5
C'était là seulement qu'il se plaisait à 6
Pour s'y être trop plu, ce héros *hic ja* 7
Il mourut en novembre, et de ce mois le 8
Strasbourg contient son corps en un tombeau tout 9
Pour tant de *Te Deum* pas un *De Profon* 10

Age auquel le maréchal est mort, 55

LES PETITS COQUINS.

Une vieille dame, très-coquette, rendit une visite à Voltaire, dans tout son étalage; et prenant occasion de quelques mots galans que lui disait Voltaire, et de quelques regards qu'il jetait sur sa gorge fort découverte : « Comment, M. de Voltaire ! s'écria-t-elle, est-ce que vous songeriez encore à ces petits coquins-là? — Qu'appelez-vous petits coquins, Madame! reprit avec vivacité le malin vieillard, ce sont bien de grands pendards. »

UNE CAROTTE.

On dit *tirer une carotte*. C'est une plaisanterie toute française, car elle date de la grande armée. C'étaient e désespoir du conscrit et la consolation du grognard. Recevait-on sa haute paie ou de l'argent du pays, vite une carotte, et l'apprenti guerrier expiait à la cantine les torts de son inexpérience.

Un jour de joie, l'argent manquait à l'appel; mais le désir était pressant; comment le satisfaire? Il lui vient une idée : « Si j'allais voir mon colonel. C'est ça, je m'en vais lui dire une craque; il n'en saura rien.

— « Eh bien! César, que me veux-tu? — Oh! mon colonel, vous êtes bien honnête; c'est que, c'te nuit, j'ai rêvé que vous étiez malade. Vous étiez à l'article de la mort; si bien que ça m'a ému sensiblement, et, que je me suis réveillé, que j'pleurais à chaudes larmes. — Pauvre garçon, rassure-toi; tu vois que je me porte bien. — Oh! je le vois, mon colonel, c'est une erreur de mon sommeil. C'est que, voyez-vous, colonel, vous êtes le père de votre légion, et je vous vénère et vous chéris à mon égal. — Eh bien! merci, mon ami; c'est très-bien, je suis content de toi ; tu n'as rien à me demander ? — Pardon ; c'est que je n'osais pas. — Eh bien ! parle. — Mon colonel, c'est que je vas me marier. — En vérité, je t'en fais mon compliment ; c'est très-bien, et ta femme, est-elle jolie ? — Mon colonel, jolie comme notre drapeau.—Allons, marie-toi, conduis-toi bien. — Vous pouvez-t-être sans crainte ; mais vous savez, quand on se marie on a un tas de petites dépenses ; sa toilette et puis le repas, car il faut ben un peu. — Assez, assez, je comprends ; tiens, voilà quarante francs. »

Notre farceur part enchanté, et court trouver ses compagnons, afin de consommer la dot. On entre au cabaret, et c'est à la cave qu'on envoie chercher la fiancée : elle arrive couverte d'une noble poussière et couronnée d'un cachet vert ; fiancée issue d'un muid de Beaune, aimable, j'en suis sûr, mais pure, je n'en sais rien. On boit, on rit du colonel, et le soir, à la retraite, on battra des *fla* pour des *ra*. Quinze jours après, pareille bombance tenta notre homme, et toujours, comme devant, gros de ruse, mais léger d'argent : « Colonel, je viens me recommander à vous, car vous êtes mon vrai père, et je suis si malheureux... — Qu'as-tu donc, mon César? — Ma femme est morte, colonel. — Vraiment, mon pauvre ami? — Elle est morte hier; une si bonne femme qui m'aimait tant! elle vous aimait bien aussi, mon colonel, car elle se souvenait toujours des quarante francs. — Ne parle donc pas de ça; quel âge avait-elle! — Dix-huit ans, colonel, fraîche comme un bouton de rose; et une éducation!...... Il n'y avait pas un jeu de cartes qu'elle ne connût, et elle récitait par cœur une douzaine de romans, comme vous savez votre théorie. — C'est bien, malheureux. — Le plus malheureux, c'est que je n'ai pas seulement de quoi la faire enterrer. — C'est terrible; ma foi, mon cher, voilà cinquante francs, fais-lui rendre les derniers devoirs. — Ah! mon colonel, je vous remercie bien; je vous réponds qu'elle sera enterrée proprement.

Sorti de chez le colonel, il retrouve ses associés; on le proclame encore le *carottier en chef*, et les cinquante francs de l'enterrement s'en vont retrouver le cadeau de noces. Vous dire jusqu'où cela aurait été, je l'ignore. Mais un jour, César, ivre à demi et voulant se compléte, s'achemine chez son colonel pour une troisième carotte, et lui dit en entrant : « Colonel, ma femme vient d'accoucher et dans sa position..... » Le colonel qui avait contribué au mariage et à l'enterrement, ne souscrivit pas au baptême, et fit chasser le malencontreux tambour qui avait eu le tort de manquer de mémoire.

JEU DE MOTS.

Savez-vous quelle différence il y a entre M. Hind l'astronome et M. Detouche le bijoutier?

— C'est que M. Hind voit les astres du ciel et que le bijoutier voit les astres de la terre.

— Non, c'est que M. Hind a *découvert* des planètes, et que M. Detouche a *des couverts* d'argent.

LES BROSSES A DENTS.

Une coquette sur le retour sortait de chez un parfumeur toute chargée des emplètes qu'elle venait d'y faire. Une de ses amies l'aborde et lui dit :

— Vous venez de renouveler votre provision?

— Ne m'en parlez pas, ma chère, je me suis ruinée ! J'ai acheté une infinité d'objets de toilette, et entre autres six brosses à dents.

— Oh ! chère, quel luxe ! une brosse pour chaque dent !

LA GAGEURE DU MÉDECIN.

Un médecin de Bordeaux, égayé par le champagne à la fin d'un dîner d'amis, parie avec son Amphitryon de donner à qui que ce soit telle maladie qu'il voudra. Les enjeux sont mis sur table, et dès le lendemain notre docteur se met à l'ouvrage. Il monte à cheval, se dirige vers une petite ville voisine, s'arrête dans toutes les auberges de la route y donne des instructions, et poste çà et là des individus à qui il fait également la leçon.

Arrivée à la petite ville, il va trouver un commissionnaire, le charge d'une lettre pour son parent de Bordeaux, où il l'envoie à l'instant même. Après avoir fait une lieue, le commissionnaire rencontre un messager de sa connaissance, qui, en passant, lui demande ce qu'il a. — Mais rien, je me porte à merveille. — Pourtant tu as mauvaise mine. — Bah! tu plaisantes; et il continue son chemin. A la première auberge où il entre pour se rafraîchir on lui adresse la même question, en renchérissant un peu, et en lui conseillant de ne pas aller plus loin. Notre homme s'inquiète; néanmoins il se remet en marche. Plus loin encore, autre rencontre; c'est un inconnu qui s'arrête, comme frappé à sa vue, et qui s'écrie : Vous allez vous trouver mal! Prenez mon bras, Monsieur. — En effet, dit l'autre, je ne me sens pas bien, mais j'aurai la force d'arriver à cette auberge. Il arrive; chacun s'empresse autour de lui : Ah! Monsieur, vous paraissez bien souffrir!.... Vous avez la fièvre.... — Je crois, que oui. — Vite qu'on bassine un lit à Monsieur. Le commissionnaire s'assied, il avait réellement la fièvre; l'esculape du village voisin est appelé; le maître de l'auberge le prend en particulier, et lui conte le fait. Notre docteur comprend et trouve plaisant de pousser plus loin l'expérience de son confrère de Bordeaux; puis il s'arrête en voyant chez le patient des signes de fièvre vraiment effrayans. Le médecin de Bordeaux en est instruit; il accourt : le malheureux commissionnaire était en pleine fièvre. Quelques instants plus tard, le pauvre diable eût payé de sa vie l'expérience de la faculté. Le pari fut gagné, et quoique assez considérable, il fut remis tout entier au commissionnaire, qui, à ce prix se consola facilement de s'être laissé donner la fièvre.

PIRON AU BOIS DE BOULOGNE.

Piron avait coutume d'aller presque tous les matins au bois de Boulogne, pour y rêver à son aise. Un jour, il s'y égara, et n'en sortit qu'à quatre heures du soir, si las de sa promenade qu'il fut obligé de se reposer sur un banc tenant à un des piliers de la porte. A peine est-il assis que, de droite et de gauche, il est salué par tous les passants qui entraient et sortaient à pied, à cheval ou en voiture. Piron d'ôter son chapeau, plus ou moins bas, suivant la qualité apparente des personnes. « Oh! oh! disait-il en lui-même, je suis beaucoup plus connu que je ne le pensais! Que M. de Voltaire n'est-il ici, pour être témoin de la considération dont je jouis en ce moment, lui devant lequel je me suis presque prosterné ce matin, sans qu'il ait daigné y répondre autrement que par un léger mouvement de tête!

Pendant qu'il faisait ces réflexions, le monde allait et venait à la fois, tant qu'à la fin l'exercice du chapeau devint très-fatiguant pour Piron; il l'ôta tout-à-fait, se contentant de s'incliner devant ceux qui le saluaient.

Une vieille survient, qui se jette à ses genoux, les mains jointes. Piron, surpris et ne sachant ce qu'elle veut. « Relevez-vous, bonne femme, lui dit-il, relevez-vous; vous me traitez en faiseur de poèmes-épiques ou de tragédies; vous vous trompez, je n'ai pas encore cet honneur-là; je n'ai fait parler jusqu'à présent que des marionnettes. « Mais, la vieille restant toujours à genoux sans l'écouter, Piron croit apercevoir qu'elle remue les lèvres et qu'elle lui parle, il se baisse, s'approche et prête l'oreille. Il entend, en effet, qu'elle marmotte quelque chose entre les dents; c'était un *Ave* qu'elle adressait à une image de la Vierge placée directement au-dessus du banc ou Piron était assis. Alors il lève les yeux et voit que c'est à cette image que s'adressaient aussi tous les saluts qu'il avait pris pour lui « Voilà bien les poètes, dit Piron en s'en allant, ils croient que toute la terre les contemple, ou qu'elle est à leurs pieds, quand on ne sait pas seulement s'ils existent ! »

LE MÉDECIN DE LOUIS XI.

Coytier, médecin de Louis XI, reçut de ce prince jusqu'à 50,000 livres par mois, au rapport de Philippe de Commines; mais dégoûté, par la suite de cet esculape, le roi donna ordre à son prévôt de s'en défaire sourdement. Le médecin, averti, songea à éluder le malheur qui le menaçait, et, connaissant la faiblesse que le roi avait pour la vie, il dit au prévôt que ce qui l'affligeait le plus, c'était qu'il avait remarqué, par une science particulière qu'il avait depuis longtemps, que le roi ne lui survivrait que de quatre jours, et que c'était un secret qu'il voulait bien lui confier comme à un ami fidèle. Le prévôt avertit le roi, qui fut si épouvanté, qu'il ordonna qu'on laissât Coytier en repos, à condition qu'il ne se présenterait plus devant lui.

Le médecin obéit de bon cœur, se retira avec des biens considérables, fit bâtir une maison rue Saint-André-des-Arcs, et fit mettre au-dessus de la porte un *abricotier*, pour montrer que *Coytier* était à l'*abri* dans ce lieu éloigné de la cour.

SINGULIER BOL DE PUNCH.

L'amiral Russel invita un jour les officiers et les équipages de toute sa flotte à boire un bol de punch de sa façon. Il avait fait construire, pour cet effet, un bassin de marbre, au milieu d'un superbe jardin ; on y versa, par ses ordres, six cents bouteilles d'eau-de-vie de Cognac, six cents bouteilles de rhum, douze cents bouteilles de vin de Malaga, quatre tonneaux d'eau bouillante, le jus de deux mille six cents citrons, six cents livres du meilleur sucre de Lisbonne, et deux cents noix de muscade râpées. Un jeune mousse, qui représentait Hébé, voguait autour du bassin dans un petit bateau d'acajou, et versait à boire à plus de six mille buveurs assis sur des bancs qu'on avait rangés en amphithéâtre tout autour du bassin.

ENTRÉE

DE M. L'ABBÉ CHANU

DANS LE PARADIS.

L'abbé Chanu est mort, il s'adresse à saint Pierre. Bonjour, saint Pierre; je ne croyais pas si tôt être des vôtres; mais enfin me voici, un homme ecclésiastique qui vous demande une petite place en paradis; je vous promets que je ne serai point importun, je vous serai plus utile que vous ne croyez, car j'ai toujours aimé à rendre service dans le monde.

Saint Pierre. Il n'y a point de place pour

vous, bien d'autres comme vous m'en ont demandé, qui le méritaient mieux que vous, je les ai renvoyés.

L'abbé. Voilà une singulière aventure, permettez-moi un petit moment ; n'y a-t-il point ici de justice? vous me rebutez, je suis seul ; si vous aviez un peu plus d'éducation, vous auriez pour le moins dû me donner quelque lecture : mettez un peu plus de politique.

Vous êtes le gardien d'une porte, je le sais, vous agissez en maître ; un homme est un homme, lorsqu'il se présente pour vous prouver que vous ne savez ce que vous dites. Je veux parler à Monsieur Saint-Jude, du parlement de Normandie ; j'ai quelque chose à lui dire, vous ne pouvez pas refuser une personne de son rang.

Saint Pierre. Monsieur Saint-Jude n'est point ici ; il est en purgatoire.

L'abbé. Quoi! Monsieur Saint Jude n'est point ici, il est en purgatoire? et, s'il y est, où irai-je?

Saint Pierre. Aux enfers, votre place y est retenue depuis long-temps ; vous ne savez donc pas qu'il n'y a qu'un seul homme de justice ici ? vous voulez parler à Saint-Jude, cela ne se peut.

L'abbé. Oh ! non, je ne le vois pas, je ne crois pas même qu'il y soit.

Saint Pierre. Allez prendre la place qui vous est réservée ; vous y trouverez Cerbère à la porte ; il ne vous dira mot, tout est arrangé en conséquence contre vous il y a plus de trente ans.

L'abbé. Je ne suis pas des plus réjouis.

Saint Pierre. Je sais bien que vous êtes *abbé*, vous avez tant fréquenté la justice, que vous êtes l'un et l'autre, ainsi partez.

L'abbé. Qui me conduira ? je ne connais ici personne : n'y aurait-il point quelqu'un qui me conduise en lui promettant quelque chose ?

Saint-Pierre. Oui, voici deux anges rebelles qui prendront soin de vous.

L'abbé. Allons donc, mes amis, dans ces lieux infernaux, je n'y serai pas longtemps; je sais bien me retourner, vous verrez.

Les anges rebelles. Vous aurez bien du

mai, mon pauvre abbé; il n'y a ici ni tour ni detour.

L'abbé. Je vois que vous ignorez bien des choses; vous n'avez pas encore lu le Commentaire des ordonnances; si vous saviez, je me suis trouvé dans le cas de perdre dix procès, et je m'en suis encore tiré bien honorablement; il n'est que d'avoir un peu d'argent et savoir la chicane, il y a remède à tout : dites-moi, à propos de quoi saint Pierre a-t-il le droit de refuser les gens sans vouloir les laisser parler à personne?

Les anges rebelles. Saint Pierre est un homme choisi pour disposer à son gré de l'entrée ou du refus du paradis.

L'abbé. Vous ne savez donc pas que mon arrêt est prononcé?

Les anges rebelles. Vous ne savez donc pas le jugement de l'homme?

L'abbé. Mais pourtant, si l'homme criminel doit être entendu, j'ai du jugement souverain appelé comme d'abus; vous ne m'apprendrez pas la chicane; mais dites-moi, pourquoi suis-je condamné?

Les anges rebelles. Nous allons vous le

dire, pauvre abbé : Quantité de morts on en revanche des injustices que vous leur avez faites et que vous leur avez fait faire : ils nous ont dit que vous étiez séduisant, que vous aviez des amis conseillers à qui vous aviez fait faire des injustices contre leur gré; ils vous croyaient vrai honnête homme, ils se sont trompés; ils vous ont cherché, ils ne vous ont point trouvé : vous avez par là entremis de mauvaises causes sur votre conduite; vous avez ruiné de pauvres gens qui vous regardaient comme un oracle; l'argent qu'ils vous payaient pour les frais, disiez-vous, être dûs, vous leur en devez encore considérablement : vous êtes mort sans penser à la restitution, tous ces gens-là déposent contre vous, mon pauvre abbé; sans ressource et sans espérance, vous êtes des nôtres.

L'abbé. Où allez-vous me conduire?

Les anges rebelles. Nous allons vous placer dans l'antichambre de Griffon; après cela, vous trouverez votre place : c'est lui qui vous la donnera en personne.

L'abbé. Est-il parlant?

Les anges rebelles. Ah ! très-parlant mais ses conversations sont courtes.

L'abbé. Ah ! qu'il fait chaud ! amis, amis, à moi ! je n'en puis plus, je n'ai jamais tant souffert.

Les anges rebelles. Ce n'est que la fumée du lieu où l'on va vous mettre.

L'abbé. A quel état me vois-je réduit ! N'y a-t-il pas d'audience, de juge ou de parlement ? Je crois que oui, car je vois Monsieur Cossard, mon ancien ami. Bonjour monsieur Cossard; comme vous voilà ?

M. Cossard. Bien chaudement, M. l'abbé; que dites-vous de notre habitation ?

L'abbé. Il n'y a rien de plus terrible. Les tourmens que l'on endure sont au-delà de l'imagination ; mais dites-moi, M. Cossard, n'y aurait-il pas moyen de se retirer de ce lieu-là ? Je vous ai pourtant vu avoir de bons détours.

M. Cossard. Ah ! ma foi, M. l'abbé, il n'y a point de remède.

L'abbé. Dites-moi, est-ce qu'il n'y aurait pas de chemin pour aller en purgatoire ? M. Saint-Jude y est ; si je le trouvais une fois, le diable aurait beau faire, il ne m'aurait pas.

M. Cossard, Cela est vrai, si vous y étiez une fois, ce serait bon; vous ne pouvez y aller : voilà un chemin, mais voyez ce gros animal qui garde à la porte; c'est lui qui gouverne tout, c'est lui qu'on appelle Cerbère; il ne quitte jamais que par l'ordre de Griffon.

L'abbé. M'obligerez-vous bien, M. Cossard, de donner une assignation à Griffon, qui est si méchant.

M. Cossard. Par-devant qui, dites-moi?

L'abbé. Par-devant M. Pluton, dieu des enfers.

M. Cossard. A la bonne heure; si cela vous oblige, je le veux bien.

L'abbé. Ecrivez donc, que je vous dicte l'exploit.

CONTENU DE L'EXPLOIT.

L'an mil sept cent quatre-vingt-dix, le douzième jour de la présente année, à huit heures du matin. A la requête de M. l'abbé chanu, détenu dans les enfers de la fournaise ardente, paroisse des flammes dévorantes, il demande le lieu et domicile dans le purgatoire, maison demeurante de M. St-Jude; Jean-Nicolas Cossard, huissier, exploitant partout les enfers, demeurant rue du Souffre-le-Feu, soussigné, donne assignation à M. Griffon, directeur-général des lieux infernaux, demeurant rue du Gouffre, paroisse des Eaux-basses, à son domicile, parlant à sa personne, il m'a dit à comparaître jeudi prochain par-devant M. Pluton pour se voir condamner.

L'abbé. Portez ceci à M. Griffon.

M. Cossard. M. Griffon, je suis avec bien des respects votre serviteur. Voici un mot de lettre que M. l'abbé chanu vous envoie.

M. Griffon. C'est bon.

M. Cossard. C'est un exploit, il faut aller trouver le juge.

M. Griffon s'en va au juge. M. Pluton, voyez une assignation que l'abbé Chanu m'a fait donner; il me demande la liberté.

M. Pluton. Il n'en sera pas le maître; c'est un insolent du premier ordre, il faut faire déchaîner Cerbère ; quand il va arriver, nous allons le faire dévorer ; s'il n'arrive pas, je l'envoie chercher.

Cerbère s'en va le cherchér, et dit : Où est l'abbé Chanu !

Il nous a dit qu'il allait au contrôle ; Cerbère va au contrôleur : L'abbé Chanu est-il ici ?

Le contrôleur. Il sort d'ici tout à l'heure, il a enfilé un chemin que voici : quand il vous a aperçu, il s'est sauvé ; il est déjà bien loin ; vous auriez bien du mal à l'attraper.

Cerbère. C'est le droit chemin du purgatoire, il ne trouvera pas les portes ouvertes pour y entrer ; il reviendra sûrement. Cerbère s'en retourne à Pluton et Griffon : L'abbé Chanu n'est pas au contrôle, dès qu'il m'a vu arriver il s'est sauvé ; il a pris le chemin du purgatoire, et sûrement qu'il y est ; vous auriez mieux fait de me laisser à ma place, que de me faire courir après cet homme-là, car je prévois que nous ne le trouverons pas aisément.

M. Pluton. Voilà encore un de ses tours ; au lieu de revenir à son procès, il a profité de ton détachement, il s'est sauvé, il a bien fait.

L'abbé entre dans le purgatoire. M. Saint-Jude, j'ai l'honneur de vous souhaiter le bonjour.

M. Saint-Jude. C'est le pauvre petit abbé Chanu : ah ! bonjour, mon ami, d'où venez-vous ?

L'abbé. Des ènfers.

M. Saint-Jude. Quoi ! des enfers ! comment avez-vous fait pour en sortir.

L'abbé. Je me suis d'abord présenté à saint Pierre, il m'a refusé et envoyé au diable ; mais je souffrais trop, je l'ai fait assigner par M. Cossard, que j'ai trouvé heureusement aux enfers ; quand le diable a vu mon assignation, il a été trouver le juge pour lui conter mon procès, après moi on a déchaîné Cerbère, il venait après ma culotte, je l'ai aperçu de loin, je me suis sauvé par le chemin où il était à garder la porte, et je suis venu vous trouver.

M. Saint-Jude. Qu'il a de l'esprit, ce pauvre petit abbé Chanu ! il me disait toujours bien qu'il se tirerait des mains du diable ; qu'allez-vous faire ici ! je pars demain en paradis.

L'abbé. C'est bon, vous m'y mènerez avec vous, si vous voulez bien.

M. Saint-Jude. Je le voudrais bien ; mais il n'est pas possible pour ce moment, puisque saint Pierre vous a refusé.

L'abbé. Mettez-moi sous votre robe, saint Pierre ne s'en doutera pas. Une fois que j'y serai entré, bien habile qui m'en chasserait.

M. Saint-Jude. J'aurai bien des reproches, je vous ai toujours aimé, mais enfin partons. Bonjour, saint Pierre, votre pauvre Saint-Jude a fait son temps.

Saint Pierre. Entrez, monsieur. — Tous les deux sont entrés dans le paradis, l'abbé s'est montré.

Saint Pierre. Qui est cet homme-là ? il est damné, qu'on le chasse !

M. Saint-Jude. Ayez pitié de lui, c'est mon ami et mon clerc.

L'abbé. Ah ! j'y suis entré, et j'y resterai. Quand on est une fois ici, on n'en ressort jamais.

Saint Pierre. Voilà un tour dont je ne me serais pas douté; mais il n'entrera désormais aucunes personnes avec des robes, qu'elles ne soient visitées aux portes.

ELOGE FUNÈBRE
DE
MICHEL MORIN,

bedeau de l'église du lieu et village de Beauséjour, en Picardie, décédé le premier mai 1731, prononcé en l'honneur du défunt, en présence de tous les habitants de ce lieu, le jour de son enterrement.

Nous sommes tous mortels : il y a longtemps, mes chers frères, que j'ai fait cette réflexion importante. Nous sommes mortels et sujets à la mort, parce que nous sommes hommes. *Omnis homo mortalis.* Les siècles passés nous fournissent des livres qui nous font connaître que les Alexandre, les César, ces hommes redoutables, ces guerriers si terribles, et d'autres hommes d'un rang distingué, sont morts : *Omnis homo mortalis.* Cependant toutes les lectures que j'ai faites ne m'ont pas tant touché que la mort du pauvre Michel Morin m'afflige aujourd'hui comme vous le savez.

Ce fut hier qu'il trépassa, hier la mort termina son sort; il mourut enfin à la fleur de son âge, et nous ne le verrons plus. Jeudi dernier, il était dans son jardin, il me fit, *hem! hem!* qu'en dites-vous, n'ai-je pas bon appétit? en mordant dans un gros crouton de pain frotté d'ail, et le mangeant à belles dents avec deux mains : hélas! mes chers frères, qui l'aurait cru? le voilà mort, et nous ne le verrons plus; nous faisons tous une grande perte, car lui seul sonnait la cloche, coupait le pain bénit, allait à l'offrande et chantait au lutrin; lui seul chassait les chiens de l'église; enfin, c'était l'*Omnis homo* de notre ville, Ha! ha! oui, riez, pauvres idiots que vous êtes; riez, riez, il y a bien à rire; vous faites bien voir qui vous êtes, et que vous ne savez pas le latin : car si vous aviez étudié en classe, vous sauriez qu'*Omnis homo* veut dire un homme à tout faire; mais, parce que vous êtes des ignorants, vous croyez que Michel Morin était un sot, à cause qu'il portait une chemise rousse et des bas blancs; voyez la belle conséquence! Si vous me voyiez quand je me lève avec un bonnet de nuit et un caleçon, vous direz donc que je n'ai point d'esprit, l'habit ne fait pas le moine; vraiment, vous n'y êtes pas encore, vous allez bien entendre d'autres choses; mais écoutez-moi et profitez.

C'est l'ordinaire qu'après la mort des grands hommes on reconnaît leur mérite : cela posé, je gage que vous vous rappellerez la généreuse action qu'il fit un jour quand les vaches entrèrent dans le cimetière; vous fûtes tous alarmés, on vous entendait crier d'une lieue de loin : A l'aide? M. le curé, que ferons-nous? les vaches sont dans le cimetière! Vos cris éveillèrent Michel Morin; il sauta de son lit en chemise, à deux mains, et les fit retourner plus vite qu'elles n'y étaient entrées. Hé bien! pagnottes que vous êtes, vous n'osiez entrer dans le cimetière, vous aviez peur des esprits à cause que c'était la nuit; cependant Michel Morin vous rendit ce bon office, et chacun de vous s'en retourna coucher avec sa vache.

C'est ainsi que le pauvre défunt était zélé pour le bien public; apprenez donc à vivre à son exemple. Hélas! combien de fois, ruminant en moi-même, me suis-je dit : Quel dommage et quelle perte pour l'état que Michel Morin n'ait pas été à la guerre! Je me souviendrai, toute ma vie, de la généreuse action qu'il fit à la mort de sa grand'mère. Si Michel Morin eût été un homme de qualité, on aurait écrit ses actions en gros caractères dans les gazettes; mais parce que c'était un homme de village, habillé en paysan, tout ce qu'il faisait n'était pas remarqué : cependant on n'a jamais rien vu de plus admirable dans les histoires. Faites attention à ceci.

Un jour le fils et le gendre du grand Colas se battaient dans le jardin pour des prunes, et ces deux garçons s'arrachaient les cheveux et se donnaient des coups de poing; Michel Morin s'en aperçut; aussitôt d'un air délibéré il sauta par-dessus la haie, zest il les prit tous deux par le chignon, donna un coup de poing à un, un coup de pied à l'autre, piffe, paffe, les sépara, jeta leur chapeau dans la rue, et il n'en fut plus parlé. Voilà comment Michel Morin avait de la charité pour son prochain; car, sans lui, ils se battraient encore, et vous ne les empêcheriez pas, pauvres gens que vous êtes! Si je vous disais ici des fables ou des histoires du temps passé, vous pourriez dire : On nous en fait accroire, ce sont des contes à dormir debout; mais je vous parle de notre temps, par exemple, qu'y avait-il de plus fort que de voir faucher un pré à Michel Morin? Sitôt qu'il mettait son pourpoint bas, il prenait sa faux à deux mains et fauchait tout à l'entour de lui, et friste et freste, tout d'une haleine jusqu'au bout du pré, et sans perdre de temps il prenait sa pierre pendue à son côté dans une gaîne, et zist et zest, ensuite crachait dans ses mains, tête baissée il recommençait tout de nouveau, vous eussiez dit qu'il allait tout abattre; voilà pourquoi on l'appelait le grand abatteux de chênes. C'était la terreur des forêts; avec une serpe, friste, freste; il coupait des branches tout entières; jamais on n'a vu un tel ouvrier, cric, crac; en deux tours de mains, voilà un fagot bâti, mais des fagots? des fagots en conscience! Les fagots de Michel Morin étaient de bons fagots ; ce n'étaient pas de ces fagots fourrés de feuillage, ni de ces petits méchants fagots comme en vendent les marchands ; ses fagots étaient bien fagotés, les mieux fagotés de tous les fagoteurs de fagots. Que peut-on voir de plus merveilleux! Y a-t-il un homme sur terre qui ressemble à Michel Morin? Non, il n'y a pas son pareil dans les airs ; c'est ce que je vous ferai voir, car je ne me lasserai jamais de dire que c'est un véritable *Omnis homo.*

Michel Morin était admirable dans les airs; je me souviens à propos quelqu'un d'entre vous y était, il y aura dimanche deux ans; comme on faisait le prône, ah! vous en souvenez-vous? lorsque les oiseaux faisaient un tintamare si grand, qu'on ne pouvait entendre le prône ; vous regardiez ces animaux tout debout, les bras croisés et comme des statues, et vous n'osiez les chasser. Il n'y eut que Michel Morin, l'*Omnis homo*, qui, par son adresse et son courage, trouva le moyen de les faire sortir; et voici comme il s'y prit : il sortit du chœur, il ouvrit la porte de l'église, prit la perche à ôter les araignées, il monta sur un banc, et fredi et fredon, et boute et haie, et tu en auras, et tu t'en iras, et tu t'en iras donc pas : il fit comme cela d'un bout à l'autre de l'église, et en chassa tous les oiseaux ou oisillon , renversa tous leurs nids, sans qu'il en re tât ni frique ni fraque. Hé bien, sans Mich l Morin où en serions-nous ? Dame, il n'y a lait pas de main morte ; c'est un généreux champion ; c'est pourquoi vous devez profiter de ses belles actions.

Mais parlons plus sérieusement. Michel Morin, avec sa mine à peindre et sa prestance magistrale, vêtu de son habit des dimanches, ressemblait au procureur fiscal de la paroisse. Ce n'est pas tout, il était encore grand carillonneur. Tout le monde, le jour de la fête, venait l'entendre carillonner; vous l'avez entendu vous-mêmes : il faisait dire à nos cloches tout ce qu'il voulait, vous eussiez dit qu'elles parlaient; cependant il ne savait pas la musique : et comme disait sa pauvre mère : C'était bien dommage qu'il n'avait pas été à l'école, car il eût passé les sciences, s'il en eût été capable. Mais enfin, pour en revenir à nos cloches; il carillonnait bien gentiment; il prenait les cloches avec les pieds, dans ses mains, et il se trémoussait comme un perdu: don, din, don, din, dan, tir li, tir li du bon, à boire à Michel Morin. Que tu es merveilleux! le grand *Omnis homo*, le grand homme à tout faire!

Il avait une constance tout à fait héroïque, c'est ce qui fit dire à un savant homme, qui passait par ici, que dans une extrême nécessité, il aurait parlé au roi, et en effet ce n'était pas un sot, comme vous; il débitait sa marchandise comme une merveille; il savait le plain-chant comme un oracle il déchiffrait une antienne mieux que personne, et portait la chape comme un évêque; car il avait bonne mine et se carrait en marchant, plique, plaque; il n'avait que des sabots, ce n'était pas par vanité, puisque son beau-père était cordonnier. Il avait la voix si terrible et si belle, que dès qu'il commençait à chanter tous les chiens s'enfuyaient de l'église. Si je craignais la médisance, je croirais qu'il était fils de quelque gentilhomme; mais je soupçonne tout au moins qu'il avait été changé en nourrice, puisqu'il était né pour des actions si nobles, comme vous l'allez voir.

Un jour il prit un fusil sur ses épaules pour aller à la chasse ; quand il fut au bout de la haie à Jean Michaud, il coucha un lièvre en joue ; pouffe, il le tua, il sauta le saut et le prit, l'emporta, le larda, l'embrocha, le fit cuire, le mit dans un plat, le servit sur la table et le mangea ! O l'excellent homme! O le bon mangeur, l'admirable *Omnis homo* ! Trouverait-on son pareil ? Non, car il était du poil et à la plume. Vous l'avez vu sans pareil sur la terre et dans les airs ; il était encore pire dans les eaux, il était partout intrépide comme vous l'allez voir.

Michel Morin ; mon fidèle ami, était zélé depuis longtemps pour me rendre service jusqu'au suprême degré. Voyant un jour quatre de mes amis qui venanient pour manger ma soupe, je pense que c'était la veille ou surveille d'une fête ou d'un dimanche, mais il n'importe, il suffit que c'était un jour maigre, et que je n'avais pas de quoi les régaler ; aussitôt qu'il connut ma peine, il se dépouilla tout nu et se jeta à corps perdu dans la rivière ; nous crûmes qu'il était noyé ; point du tout, dans un moment il revint à bord à la nage, avec de grands poissons longs comme d'ici à demain. Hé bien, dit-il avec sa mine riante, qu'en dites-vous ! Dame, c'est que les gens du roi ne sont pas des sots ; et sans perdre de temps il troussa ses manches jusqu'au coude, et les basques de son justaucorps ; ensuite il tira son couteau de sa poche, cracha dessus, l'aiguisa sur le pavé, et friste, freste, éventra un gros brochet, nous en fit une *matelote* avec une sauce si bonne, qu'on léchait les quatre doigts et le pouce. O l'excellent cuisinier que Michel Morin ! je ne me lasserai jamais de dire que c'était un excellent *Omnis homo*.

Je finis par la dernière et belle action de sa vie, qui prouve bien son grand cœur, son adresse et son peu d'intérêt : le pauvre homme gagea, qu'il irait dénicher des pies sur le grand orme ; il y monta, pour son malheur, sans échelle ; quand il fut en haut de l'arbre, il s'écria : J'ai gagné, et tourna la tête, montrant le nid; mais la branche se cassa, cric, crac, échappa bras et jambes, et s'escarbouilla le cœur au ventre. Ha! pour chopine, Michel Morin, que tu es mort à bon marché! Il est vrai qu'il n'était pas intéressé, car il aurait couru une lieue pour un demi-setier de vin; d'ailleurs point glorieux; il buvait avec le premier venu qui lui payait chopine.

Pleurons! pleurons donc la mort de Michel Morin, à cause de la perte que nous faisons; n'oublions pas les belles actions qu'il a faites dans sa vie; par exemple grand zèle pour le bien public, en chassant les vaches du cimetière, séparer les gens qui se battaient pour des prunes; sa bonne foi à faire des fagots; son adresse à faucher des prés; son industrie à chasser les oiseaux de l'église; sa disposition surnaturelle à la chasse; son intrépidité à pêcher; son habileté à faire des sauces; que dis-je? j'oublie son instinc naturel à carillonner! car en deux enjambées il grimpait tout d'un coup au clocher. C'est pourquoi je vous exhorte à bien instruire vos enfants des merveilles de

Michel Morin; bercez-les des belles choses que vous venez d'entendre, endormez-les avec les chansons qu'il faisait dire à nos cloches, car c'était un grand homme dans sa pauvreté.

ÉPITAPHE DE MICHEL MORIN.

Il est trépassé, la belle âme,
Le jour qu'il a rendu l'âme,
Même un quart dh'eure avant sa mort
On assure qu'il vivait encor.

ÉPITAPHE DE SON ANE.

Son pauvre Ane est trépassé
A la fleur de son âge,
Et pour tout héritage,
J'ai sa peau qu'il m'a laissée,
Il est pour moi trop tôt mort,
Je n'ai plus sa compagnie;
S'il était encore en vie,
Nous le verrions encor.

DEVOIR DES SAVETIERS,

ENSEMBLE.

Le régal fait par MM. les Anciens du Corps, à la réception de M. Talonnet, *compagnon Recarleur, fils de noble et discret* Robert Fort-Empeigne, *professeur en vieux cuir, tenant magasin sous la halle de Niort en Poitou, à l'enseigne du Lignol.*

A Paris, le lundi premier jour de la semaine.

L'ARRIVÉ, *frappant trois coups sur le billot :* Ta, ta, ta; s'il y a quelque brave pays, qu'il sorte en trois pas, en trois temps, que je lui dise trois paroles sur le pavé du roi.

Le compagnon Goret sortant : Honneur au pays, serviteur au pays.

L'Arrivé. Mon premier soin, en entrant dans Paris, est de saluer messieurs de la communauté, en leur offrant ma main, mon alêne et mon tranchet, mettre en pratique ce que mon art a de plus fin.

Le Goret. Les personnes capables ne manquent point d'occupation, surtout à présent que le vieux cuir passe pour neuf; mais comme il y va de l'intérêt public de conserver notre art dans tout son lustre, il vous faudra subir l'examen, entrez donc, afin de répondre à quelques questions que je vous ferai en présence de MM. nos confrères. *Et quittant son tablier il continue* : D'où venez-vous, pays?

L'Arrivé. Je viens de Tours en Touraine, pays.

Le Goret. Chez qui avez-vous travaillé, pays?

L'Arrivé. J'ai travaillé chez maître Pousse-Rivet, grand carreleur et réparateur de la chaussure humaine, celui qui a enrichi notre art de tant de beaux secrets, en tirant d'un seul cuir quatorze semelles, huit talons et six paires de hausses; tenant sa boutique où il lui plaît, vis-à-vis une tripière.

Le Goret. Il a raison, pays.

Tous les Confrères. Honneur au pays, serviteur, pays.

Le Goret. Qu'avez-vous remarqué là, pays ?

L'Arrivé. J'ai remarqué premièrement, le tablier à franges vertes du maître : on dirait effectivement que c'est de la scie, cependant ce n'est que de la laine, pays.

Le Goret. Il a raison, pays.

Tous. Honneur au pays; serviteur, pays

L'Arrivé. Secondement, j'ai remarqué la selle à trois pieds, avec le soupirail au milieu, garnie de trois jetons; on dirait véritablement que c'est de l'or; ce n'est que du cuivre, pays.

Le Goret. Il a raison, pays.

Tous. Honneur au pays; serviteur, pays.

L'Arrivé. Troisièmement, j'ai remarqué une partie de la jambe du cheval d'Henri IV; on dirait assurément que c'est de l'ivoire, cependant ce n'est que de l'os, pays.

Le Goret. Il a raison, pays.

Tous. Honneur au pays; serviteur, pays.

Le Maître, arrivant en bonnet de nuit et en pantoufles, autrefois souliers. Que demandait ce carrosse que j'ai entendu arrêter à ma boutique?

Le Goret. Maître, c'est ce marquis avec qui vous étiez hier à la chasse; mais, voyant que vous étiez au lit, il a passé outre, et espère vous voir ce soir à la comédie. Mais voici un brave pays qui vient vous faire la révérence, aussi bien qu'à madame notre maîtresse et à mesdemoiselles vos filles.

Le Maître. Que je le voie.

L'Arrivé. Monsieur et maître, la réputation où vous êtes parmi les gens d'honneur me fait depuis longtemps respecter les grandes qualités que l'on admire en vous, et je me croirais indigne de la manicle, si, avant toutes choses, je n'étais venu vous offrir tout ce que l'expérience a donné au plus humble et au plus altéré de vos serviteurs.

Le Maître. D'où êtes-vous, notre ami?

L'Arrivé. Maître. je suis de Niort en Poitou, fils de maître Robert Forte-Empeigne, travaillant sous la halle, à l'enseigne du Lignol.

Le Maître. J'ai l'honneur de connaître M. votre père; n'est-ce pas lui, de tout le quartier, qui sait mieux où est le bon vin?

L'Arrivé. Oui, maître.

Le Maître. A qui la ville de Niort, à cause de ses longs services, est obligée de fournir, en payant, quatre pieds de bœuf par semaine?

L'Arrivé. Oui, maître.

Le Maître. Celui qui garde fidèlement nos statuts, ne commence la semaine que le mercredi, et le samedi au soir chante les premières vêpres?

L'Arrivé. Oui, maître.

Le Maître. Mon enfant, vous descendez d'un homme qui est l'arc-boutant de notre société; ce siècle ingrat n'est plus fertile en ces beaux esprits, car je puis dire, à sa louange, que jamais il n'est sorti d'aucun festin qu'il n'ait bu trente rasades et mangé une aune de boudin noir. Fasse le ciel que ses vertus vous soient héréditaires, et que vous soyez un jour le support de nos priviléges, et le refuge des mal-chaussés! Mais, dites-moi, monsieur Talonnet, savez-vous le devoir?

L'Arrivé. Oui, maître.

Le Maître De combien d'alênes vous servez-vous pour recarreler un soulier dans sa

L'Arrivé. De trois, maître : alène macare, alêne au petit bois et alêne frétillante.

Le Maître. Que signifie le tire-pied et le tranchet.

L'Arrivé. Cela signifie un brave cavalier qui tient la bride de son cheval, et a le sabre à la main.

Le Maître. Que signifie le baquet plein d'eau ?

L'Arrivé. Cela marque le passage du Rhin, où la cavalerie, à la nage, fut combattre les ennemis.

Le Maître. Que signifie le petit pot au rouge, appelé entre nous *valum coloratus*.

L'Arrivé. Cela signifie le sang répandu au combat.

Le Maître. Il a raison, pays.

Tous. Honneur au pays; serviteur, pays.

Le Maître. Enfants, voici un ouvrier qui mérite bien que nous lui donnions le reste de la journée. Que chacun mette tablier bas, et se rende au cabaret syndical; que les premiers rendus y fassent allumer un fagot pour mettre le vin rafraîchir, pendant que je vais avertir maître Belle-Alêne et messieurs les anciens du corps, afin qu'ils s'y rendent.

Le Goret. Toute la compagnie s'y rendra, Maître, avec plus d'appétit que d'argent.

La Maitresse regardant par la petite trappe du plancher, dit : Cela est déplorable de ne pouvoir dormir en repos ! Il faut se lever dès huit heures. Est-ce là le respect et le silence où vous devez être quand votre maîtresse est au lit ?

Le Goret. Maîtresse, je vous demande excuse au nom de la communauté : c'est un brave pays qui vient d'arriver, appelé M. Tarlonnet, fils en sixièmes noces de maître Robert Forte-Empeigne, de Niort en Poitou, lequel a subi l'examen ; ainsi je vous supplie de me donner dix-huit deniers pour lui faire réception.

La Maitresse. Quelle débauche horrible! hier un sou marqué, aujourd'hui dix-huit deniers, sont trois sous moins un liard ; le voilà engagé pour six mois. Tenez, les voilà ; mais réservez au moins de quoi vous acheter une cravate.

Le Goret. Pays, ne prenez pas garde à ce que dit la maîtresse; elle est prompte, mais c'est la bonté même. Quand elle trempe ma soupe, elle met toujours gros comme une forme de lard jaune sous mes choux, que le maître n'en voit rien. Mais, crainte de faire attendre messieurs les anciens, rendons-nous en la chambre du conseil.

Les Anciens. Messieurs, vous arrivez à la bonne heure, nous ne faisons qu'entrer, buvez chacun votre pot, et vous serez aussi avancés que nous.

M. Belle-Alêne. Messieurs, avant toutes choses, choisissons un bel appartement. Holà, notre hôte, n'avez-vous pas de chambres tapissées?

L'Hôte. Messieurs, une autre fois mieux, mes tapisseries sont à la lessive.

Georges Vinot. Du moins, qu'on nous donne du beau linge, car j'aime la propreté.

L'Hôte. Pour votre dîné, messieurs, quel service souhaitez-vous?

M. Belle-Alêne. Monsieur comme doyen, de cette célèbre compagnie, composée de cinquante ou environ, tant maîtres, aspirants compagnons, qu'apprentis, je suis chargé d'ordonner les sauces. Nous ne sommes pas de ces affamés à qui les viandes grossières sont les meilleures : il vaut mieux moins, mais quelque chose de délicat. Ecrivez :

Premièrement, vingt-cinq bassins de soupe aux navets, à pied et demi de bord.

Item, dix-huit fressures de mouton, avec foie et poumons; pour premier plat, et sur le tout la sauce d'un jaune d'œuf, détrempé avec un liard trois deniers moins de gingembre, clou de muscade.

Item, cinquante pieds de bœuf à la vinaigrette, garnis de moutarde de la façon de l'hôtesse; beaucoup de persil autour.

Item, vingt-cinq aunes de boudin noir assaisonné de sang de bœuf et d'oignons.

Item, trente têtes de mouton, fricassées avec un quarteron de vieux lard frais et quantité d'échalotes.

Item, pour dessert, deux boisseaux de chataignes moitié bouillies, moitié fricassées.

Item, quinze tourtes de citrouille, assaisonnées d'écorcé de melon, cassonnade et eau de rose.

Item, douze bassins de gelée de janvier de la présente année.

Pour du vin, ne le changez point ; ayez soin seulement de tenir un baquet sous la table, et s'il passe quelque aveugle qui ait son violon, faites-le entrer.

L'Hôte. Messieurs, vous serez bien servis, je m'en vais de ce pas chez ma voisine la tripière, et tout ce qu'elle aura fait aujourd'hui sera pour vous.

Tous. On ne peut pas mieux ordonner un festin, lequel assaisonné d'appétit, sera expédié avant que nos femmes apprennent où nous sommes; et au défaut de nos ventres, nos poches serviront.

Georges Vinot, après avoir bu. Messieurs, je serais d'avis de chercher un parti à M. Talonnet, en considération de notre ami son père.

Que pouvez-vous espérer de sa succession ?

Talonnet. Messieurs, premièrement, je serai reçu maître sans faire chef-d'œuvre : mon père me donne une maison prête à bâtir, et qui ne le sera jamais ; plus, une pension, en cas de maladie, à prendre à l'hôpital de Niort ; plus, son magasin, sa boutique couverte de toile cirée, ses oiseaux, et les outils servant à l'art ; le tout estimé moins de 1500 livres ; outre tout cela, tous les biens-meubles ; à la charge de payer les frais de ses premières noces, qu'il fit il y a vingt ans.

M. Belle-Alêne. Tous ces avantages sont bons ; pourvu que vous soyez honnête homme, je vous donnerai ma fille Nicole en mariage.

Talonnet. Mais, maître, elle a fait deux enfans.

M. Belle-Alêne lui donnant un soufflet. Vous en avez menti, elle n'en a fait qu'un.

Le Goret. Pays, M. le syndic vous aime, il ne traite ainsi que ses amis ; recevez l'honneur qu'il vous fait de vous choisir pour son gendre. Si elle a commis une faute, la pauvre fille l'a fait innocemment : c'est un degré pour parvenir aux premières charges. Mais je vois l'hôte qui vient avec des têtes de mouton, cornes et tout ; courage, messieurs, place au diner.

LE FAMEUX

CONGÉ DES CORDONNIERS.

Infanterie roulant à cheval sur un cochon.

Congé puant, ou par nous Commandant des Vieilles-Empeignes.

Nous, soussignés, certifions à tous ceux à qui il appartiendra, avoir donné congé, pour se retirer dans une vieille baraque, au nommé Crépin, dit la Forme, soldat au régiment des Mal-Chaussés, du village de la Semelle, juridiction du Talon, âgé de vingt petits clous, taille d'une grosse botte, visage en forme brisée, les yeux et bouche en façon de tenailles, menton de galoche, cheveux en fil gros, sourcils en soies de cochon, ayant servi dans ledit régiment le temps de faire un ressemelage.

En foi de quoi nous lui avons délivré le présent congé, pour lui servir et valoir dans la société des Gnafs.

Donné au palais des Crasseux, le trente des Malpropres, l'année mil sept cent dix livres de la poix.

Approuvé par nous, colonel de la Tranche des Vieux-Cuirs. *Signé* M... F...

CONSEILS D'UN PÈRE A SON FILS SE RENDANT A PARIS.

Tu logeras rue de la Monnaie,
Le plus loin possible de la rue Vide-Gousset;
Tu trouveras la science rue de la Sorbonne,
La médiocrité rue des Deux-Ecus,
La valeur rue de la Victoire,
L'imbécilité rue des Trois-Bornes,
La lumière rue des Trois-Chandelles,
La sûreté rue des Trois-Portes,
La douceur rue des Amandiers,
Le flegme rue des Anglais,
La sobriété rue Sainte-Anne,
L'intrépidité rue d'Arcole,
Les plaisirs nobles rue des Beaux-Arts,
L'embarras rue des Douze-Portes,
Les danseurs rue des Ballets,
Les financiers rue de la Banque,
La rapacité rue du Banquier,
Le bruit rue des Batailles.

Les fats rue du Petit-Lion,
Les niais rue Beauveau,
Les pauvres d'esprit rue Béthizy,
L'amour de l'étude rue de la Bibliothèque,
La pauvreté rue de la Bienfaisance,
La vérité rue du Puits-qui-Parle,
La propreté rue des Blanchisseuses,
La joie rue des Bons-Enfants,
L'étourderie rue de Braque,
L'économie rue Cassette,
La santé rue de l'Hôpital,
La ponctualité rue du Cadran,
Le repos rue de la Chaise,
Le bon air rue des Champs,
La solitude rue Chanoinesse,
La timidité rue Chapon,
La ruse rue du Chat-qui-Pêche,
Le calme rue du Chaume,
La bonne chère rue des Boucheries,
La gaîté rue de la Chopinette,
La lenteur rue Clopin,
La légèreté rue du Cœur-Volant,
Les buveurs d'eau rue de la Fontaine,
Le bon vin rue des Bourguignons,
La magnificence rue des Cinq-Diamants,

L'expérience rue de l'Echaudé,
La combinaison rue de l'Echiquier,
La vanité rue des Ecrivains,
Le doute rue de l'Essai,
Les vrais amis rue de la Fidélité,
Les mécontents rue des Frondeurs,
Le commerce rue de Gênes,
La confiance rue Sainte-Foy,
L'hospitalité rue Saint-Julien-le-Pauvre,
La douleur rue des Orties,
La tendresse maternelle rue du Pélican,
La vraie dévotion rue des Filles-Dieu,
Les médecins rue des Morts,
Les usuriers rue des Rats,
Les bavards rue des Canettes,
Les incrédules rue Saint-Thomas,
La franchise rue des Juifs,
Les braves rue du Rempart.

Enfin, mon cher fils, marche droit afin d'éviter la rue d'Enfer, et d'arriver sain et sauf rue du Paradis.

LES COUPURES.

Un jour un auteur dramatique assez célèbre envoya son domestique au directeur d'un théâtre pour lui redemander le manuscrit qu'il lui avait envoyé. Le directeur le donna au grom en lui recommandant de dire à son maître qu'il y avait des longueurs et qu'il fallait faire des coupures.

Le brave domestique ayant eu besoin de quelques papiers, coupa gravement la moitié du manuscrit, mit l'une dans sa poche et rapporta l'autre à son maître. — Qu'est devenu mon manuscrit? demanda celui-ci. — Le directeur m'avait ordonné de dire à monsieur de faire des coupures : j'ai cru pouvoir en couper la moitié pour moi. Je laisse à juger de la colère de l'auteur et de ce qu'il dit à son domestique.

L'ANIMAL CURIEUX.

Voici, messieurs, mesdames, un animal curieux qui a la tête où les autres ont la queue. Entrez, messieurs, mesdames, il faut voir, il n'en coûte que 2 sous. — C'était un cheval attaché au râtelier par la queue.

Voici, messieurs, mesdames, un autre animal fort rare : il a la tête d'un chat, les oreilles d'un chat, les pattes et la queue d'un chat, et pourtant ce n'est pas un chat. — C'était une chatte.

HISTORIETTE PLAISANTE.

L'historiette qu'on va rapporter fait voir qu'il n'y a point de femme qui ne soit bonne à quelque chose.

Un particulier, voyageant, passa par un village où il vit une jeune fille de la figure la plus hideuse. Il la demande en mariage. Son père, qui était un honnête homme, et qui ne voulait tromper personne, lui dit : Monsieur, vous n'avez peut-être pas remarqué que ma fille est extrêmement laide. — Pardonnez-moi, je l'ai bien vu, et cela m'est égal. — Et qui pis est, je n'ai rien à lui donner. — Ce n'est pas ce qui m'inquiète. Mais elle est bossue par devant et par derrière. — Voilà ce que je demande. — Sa peau ressemble à du chagrin. — J'en suis bien aise. — Elle n'a point de nez. — Fort bien. — Elle n'a guère que trois pieds de haut. — Encore mieux. — Elle a les jambes en faucille et les talons en dehors. — A merveille. — Tenez, je vois qu'il ne vous faut rien cacher ; elle est presque muette et tout à fait sourde. — Est-il possible ? vous me ravissez, il y a longtemps que je cherche une femme formée sur ce modèle, et je suis bien heureux de l'avoir trouvée. — Je ne comprends rien à votre bonheur, lui ajouta le prétendu beau-père; que voulez-vous faire d'une femme si laide, si contrefaite, infirme d'ailleurs et qui n'a pas le sou? — Ce que j'en ferai! je roule continuellement les pays, et je gagne ma vie à montrer des monstres et autres curiosités. Je mettrai ma femme dans une boîte, je la montrerai partout, et je compte bien qu'elle fera ma fortune.

DOULEUR D'UN MARI.

Un mari qui venait de perdre sa femme et qui avait commandé un enterrement magnifique disait à l'un de ses amis, au milieu de son chagrin : « Mais, dites-moi un peu, combien toute cette douleur-là va-t-elle me coûter? »

CONTRAT DE MARIAGE.

Entre Jean Couché-Debout, rempailleur de marmites, avec Jacqueline Doucette, cette grande sèche, qui vend du pain d'épice, tous les dimanches, à la porte de la généralité de l'esclavage, élection de la tromperie, paroisse de l'embarras, qui est une paroisse bien grande. Il y en a bien qui sont logés à la même auberge, chez la veuve Jeantenons, entre midi et la croix verte, au faubourg de la Pentecôte : suivi d'une lettre écrite à un ami, à Paris.

Je, soussigné, déclare que, pour satisfaire à la déclaration du premier janvier, et de l'ordonnance de M. l'intendant de la généralité de l'esclavage, élection de la tromperie, paroisse de l'embarras, pour la présente aunée mil sept cent trop tôt, publiées et examinées plus tôt que je n'ai voulu ; que je possède, dans laparoisse de l'embarras, une très-mauvaise femme, avec toutes ses appartenances, dépendances, et mauvaises qualités, savoir : comme méchante, désobéissante, médisante, habillarde, entêtée, malicieuse, orgueilleuse, glorieuse, curieuse, paresseuse, hargneuse, boudeuse, querelleuse, menteuse, oisive, opiniâtre, fantasque, diablesse, effrontée, gourmande, friande, ivrognesse, coquette, jalouse et fidèle malgré elle ; âgée d'environ dix-neuf ans onze mois cinquante jours, quarante minutes; de la taille de quatre pieds moins quatre pouces deux lignes; les oreilles à côté de la tête, comme un bourriquet. Le tout passé pardevant Pierre Scrupule et Jean Gripeau, notaires loyaux, à Apre, les jour et an les plus malheureux de ma vie, lequel bien cidessus j'affirme ne rapporter aucun bon fruit, le fond dudit bien ne valant pas le dixième du revenu d'un bon, j'affirme le tout sincère et véritable, aux peines portées par la déclaration.

Fait à Contre-Cœur, le 42 du mois qui vient.

Signé : MAL PARTAGE.

Sachez que sur l'article du mariage proposé à faire, qui s'accomplira entre Jean Couché-Debout et Jacqueline Doucette, Margot, Crache-à-terre, Margot Beau-Chignon, Jean Chiffon, Nicolas Venteux, Louis Tête-Percée, Nicolas Tuyau, Pierre Francœur, Claude Pied-Plat, Jeanne l'Éveillée, Perrine Dort-toujours : tous parens et amis, tant du côté droit que du côté gauche, n'importe; lesdites parties se voulant lier les mains et contracter mariage ensemble, sous le bon plaisir de leurs parens, la semaine qui est passée, l'année qui ne finira jamais, en présence de Philippe Perdu, Jacques l'Altéré, Jeanne Coupée, Guillaume Cornu, Martin Baudin, Pierre l'Épaule; lesquels demeurant dans la rue Barbouillée, à l'enseigne effacée, chez M. Malpropre, à côté de Me Mal-au-cœur, contre Me Mange-tout, près de Me Sal-Peigne, sale en haut, sale en bas, sale partout, savoir : aussi pour favoriser lesdits contractants, et principalement pour avoir gardé les cochons et les vaches ensemble, l'espace de dix ans ou environ; lesdits parents leur donnent chacun trois arpens de prés, tout frais tondus, fixés au lieu de la maison noire, d'un bout attenant à la vigne de Louis le Bossu, au midi, et de l'autre à celle de Bas-Jarret, du côté de septentrion; on a donné de plus trois livres trente sols à la femme : le tout payable en beurre de Milan, avec une belle et bonne batterie de cuisine, savoir : six plats de futaine, six assiettes de treillis, une grande cuiller de bouracan, six belles fourchettes de bois, trois plats de cuir bouilli, le tout bon et loyal étain sonnant, comme de belles et bonnes étoupes; avec son trousseau, consistant en une belle robe de taffetas cramoisi de noir de fumée, un jupon jaune d'un verdelet, un corset de belle toile d'araignée, une coiffure de belle serge d'Agen, une paire de bas de crin vert, et de beaux souliers de toile de Hollande, avec une paire de boucles de bois d'olivier à diamans noirs; on a donné, de surplus, un grand petit coffre fermant à dix-sept cents serrures et cent clefs, garni d'un traversin de revêche, entouré d'un grand rideau de chagrin, une garniture d'inquiétude et une belle courte-pointe de mauvaise humeur; on y a ajouté trois livres de noir de sable d'Arménie, pris à St-Denis, le tout pour fourbir leur vaisselle, et quatre livres de noir de fumée pour cirer leurs souliers; et au cas que ladite future épouse vienne à mourir sans enfans, tous ces biens-là resteront au survivant, comme ils étaient auparavant, et ceux qui auront tout mangé, donneront le reste pour satisfaire à leurs funérailles et aux créanciers.

Item Les témoins se trouveront sur la

grande route de Paris, savoir : quatre-vingts aveugles qui ont vu et lu toute l'affaire, et ont signé avec paraphe le susdit contrat de mariage, savoir :

Georges l'Enflé, Jean Crevé, Gilles Pensard, Don Quichotte, Sancho Pança, Pierre l'Etourdi, Nicolas Furet, Marc Drault, Antoine Sans-Raison, Louis Sans-Souci, Jean l'Eveillé, Savin-le-Fou, Pierre Côte-Cuitte, Brûle-Moustaches, Christophe Nez-Crochu, qui bridait son âne par la queue de crainte de lui casser les dents, il était sorcier ou le diable l'emporte, car il avait le nez tout rond, et l'esprit pointu.

Rédigé par Charles Nigaud, rue des Brodeurs.

Jean Couché-Debout, et sa future Jacqueline Doucette, étant parfaitement d'accord sur les clauses de leur mariage, prirent jour au 52 du mois suivant ; les noces furent brillantes, et tout se passa à la satisfaction des parens et amis qui y ont assisté.

Jean Couché-Debout, ennuyé de son métier, reprit, sitôt son mariage, son premier état de perruquier. Sa femme fut assez intelligente pour travailler avec lui. Les changements multipliés des modes lui firent chercher des moyens d'accélérer sa fortune ; il y réussit aisément par de nouvelles inventions. Ce fut lui qui inventa les perruques à tiroirs et celles de pain d'épice, dont nos dames font depuis tant d'usage. C'est de lui pareillement que nous tenons les belles perruques au vermicelle frisées au beurre roux. Sa manière de travailler lui a acquis une réputation bien méritée, et une fortune brillante au bout de quelques années. Il résolut de se retirer du commerce, et pour vivre tranquillement, il acheta dans les environs de Souffle-Fort, le superbe château de Tire-Laine. Ce fut là qu'il finit ses jours ; après trente-deux ans de mariage, et d'une union parfaite avec sa femme dont il n'eut que trois enfans, un garçon qu'il fit nommer Dort-Tout-Droit, et deux filles, l'une nommée Isabelle Sans - Façon , et l'autre Rosalie Verdin. Leur mère ne survécut pas longtemps à son époux, elle mourut dans les derniers jours de la canicule. La discorde s'éleva parmi ses trois enfans : ils se disputèrent les effets précieux amassés par l'économie de leur père. Pour terminer leurs différends, ils firent appeler des avocats célèbres qui rétablirent l'union parmi eux, en fixant le partage de ces meubles et effets précieux de la manière suivante; il tomba à la part du garçon :

Premièrement, une douzaine d'assiettes de poil de chèvre, en forme de tête d'aiguille.

Une lèchefrite de toile de coton.

Une paire d'escarpins neufs, d'une vieille étrille qui a servi au cheval de bronze.

Un ballot de livres fort curieux, imprimés dans le royaume de la lune, dont voici les titres :

Traité des accommodements, par Gripis, procureur.

Traité de la compassion et de l'humanité, par le père Tigre, sergent.

Traité de la modestie convenable aux filles et aux femmes, par une comédienne.

Traité du bon sens, par Mathurin l'Ecervelé, doyen des Petites-Maisons.

Un traité d'optique, enrichi de figures,

par Nicolas Clairvoyant, bourgeois des Quinze-Vingts.

Et plusieurs autres grands traités sur différents sujets.

La lisière qui a servi à promener Gargantua.

Les deux pendants que Gargantua mit aux oreilles de sa grande jument.

L'œil gauche de la lune qui a servi longtemps de lampe sur l'escalier des Quinze-Vingts.

Une pincette pour tirer les vers du nez sans qu'on s'en aperçoive.

Un robinet pour tirer de l'huile d'un mur.

Deux sacs de laine d'un œuf qu'on a tondu.

Une aune d'amusement de tapis pour tuer le temps.

Un villebrequin avec lequel on peut fair un trou à la lune.

Le fouet d'un Fesse-Mathieu.

L'habit d'ermite dont se servit le diable quand il fut vieux.

Isabelle Sans-Façon eut pour partage :

Une douzaine de couteaux à lames de maroquin, et à manches de corne de mouche.

Une marmite de neige fondue, durcie au soleil.

Deux chenets de beurre frais, faits au tour.

Une crémaillère de cire d'Espagne.

Une broche de paille d'avoine.

Une cruche faite de pépins de raisins, tenant quinze pintes, mesure de St-Denis.

Un parapluie tout neuf, fait d'un vieux crible.

Un manchon de peau de baleine, fourré d'aiguilles fines.

Une paire de gants d'ivoire noir, en forme d'escarpins.

Une lunette d'approche, faite d'un tuyau de plumes de grenouille, à l'usage des aveugles.

Deux pendants d'oreilles d'un fameux directeur, en forme de poupée à bec de pie.

Un bonnet de plomb tricoté, pour couvrir la tête de Jacqueline l'Éventée.

Une petite cage, où cinquante harengs saurets chantent en bécarre et volent en l'air.

Une autre cage, où douze phénix dansent sur la corde au son du tonnerre.

Une petite boîte de crême ouatée, qui ferme à clef.

Un microscope d'un œil de taupe pour apercevoir le bon sens.

Un chapelet d'oreilles coupées aux ventres affamés.

Un lièvre pris au son du tambour.

La culotte d'Achille, capable d'inspirer du courage aux poltrons.

Les escarpins d'Hérodias, qui apprenait à danser à toutes les filles qui manquaient de dispositions.

Une flûte d'Arabie qui n'a qu'un trou, et dont on joue sans remuer les doigts.

Enfin il échut pour partage à Rosalie Verdin :

Une écritoire de futaine, doublée d'un fromage mou à fil d'or.

Une clochette de moëlle de bœuf, le battant d'une queue de vache.

Un balai de cristal de roche, emmanché dans une allumette.

Un cadran de fromage à la pie, qui marque les heures perdues au parloir.

Un étui de chagrin, couleur de souci, à l'usage des mécontentes.

Une huître à l'écaille, qui fait le tour du monde en un jour.

Un chat d'Espagne, à plumes de perroquet, fait d'une dent de souris.

Un coq de pâte d'amandes douces, qui chante comme une carpe frite.

Un coq en pâte qui joue des gobelets.

Un cochon de lait qui joue du clavecin sur une guitare.

Un ver à soie qui joue du flageolet sur un tambour.

Un panier percé plein de secrets éventés.

Un gros livre fait de la peau d'une chimère, où sont enregistrées les pensées creuses de...

Un autre livre de sable d'Estampes dans lequel on enregistre les bienfaits.

Un petit cure-dent à la mode, fait du pied d'un gros chêne.

Un petit manteau d'hiver, fourré de la peau d'une fièvre quarte passée à l'huile.

Une tabatière de lait caillé, faite au tricot.

Une écumoire d'étamine du Mans, doublée d'une peau de melon.

Un buste à la mosaïque, garni de mottes à brûler.

Le coffre-fort d'un Gascon, pesant trois grains de blé, et il y a dedans l'épargne de deux années.

Une doublure de gosier pavé, à l'usage des gourmands qui mangent la soupe chaude.

LA VIERGE EN ARGENT.

La veille d'une fête solennelle, un certain curé de Paris faisait faire dans sa paroisse la répétition des chants qu'on devait exécuter le lendemain. Comme l'horloge de l'église sonnait dix heures du soir, il fit cesser la symphonie, et, accompagné d'un certain nombre de fidèles, il voulut avant de partir aller s'agenouiller devant l'autel de la Vierge. Il était déjà prosterné sur la dalle, lorsqu'un petit enfant de chœur lui dit d'un accent naïf : Monsieur le curé ! monsieur le curé ! il ne reste plus que la niche. L'enfant disait vrai ; car pendant qu'on psalmodiait des hymnes, un larron profane avait fait main basse sur la protectrice du lieu qui était une statuette en argent massif.

LE MARCHAND DE CORSETS.

Un marchand de Bordeaux, étant venu à la foire de Beaucaire avec une pacotille complète de corsets, avait fait placer au-dessus de sa boutique un large écriteau où se lisait ce verset de l'écriture : « *Je ramène les éga-*

rés, je soutiens les faibles et je comprime les puissans. »

LE PORTIER ENDORMI.

Une scène assez plaisante s'est passée au parterre de la Comédie-Française. Deux amis discutaient touchant la science physionomique ; l'un d'eux, enthousiaste de Gall et fanatique de Lavater, prétendait lire dans l'angle facial jusqu'à la profession du propriétaire de chaque figure. « Un exemple ! dit-il à l'autre : ce Monsieur qui dort sur la rampe de l'orchestre. » — Eh bien ? — Eh bien ! c'est un portier. — Je gage que non. — Un déjeuner au café de Paris. — Soit. » Et là-dessus l'un des parieurs s'approche du sujet en litige, et d'une voix de Stentor lui crie à l'oreille : « Le cordon, s'il vous plaît. » Le dormeur bondit sur son banc, sa main inquiète tâtonne, cherche et finit par trouver la queue d'un habitué de l'orchestre, qu'il tire avec précipitation. « Ne faites pas attention, dit le gagnant au vieillard décoiffé de sa perruque, c'est une expérience physionomique, qui du reste, grâce à vous, a parfaitement réussi.

FIN.

Paris, imprimerie de Ch. Bonnet et Comp., 42, rue Vavin.

www.ingramcontent.com/pod-product-compliance
Ingram Content Group UK Ltd.
Pitfield, Milton Keynes, MK11 3LW, UK
UKHW020925180726
13838UKWH00002B/754

9 782329 361703